100分間で楽しむ名作小説

銀河鉄道の夜

宮沢賢治

角川文庫
24085

目次

銀河《ぎんが》鉄道《てつどう》の夜

一　午后《ごご》の授業《じゅぎょう》

「ではみなさんは、そういうふうに川だと云《い》われたり、乳《ちち》の流《なが》れたあと*だと云われたりしていたこのぼんやりと白いものがほんとうは何かご承知《しょうち》ですか。」先生は、黒板《こくばん》に吊《つる》した大きな黒い星座《せいざ》の図の、上から下へ白くけぶった銀河帯《ぎんがたい》のようなところを指《さ》しながら、みんなに問《とい》をかけました。

カムパネルラ*が手をあげました。それから四、五人手をあげました。ジョバンニ*も手をあげようとして、急《いそ》いでそのままやめました。たしかにあれがみんな星だと、いつか雑誌《ざっし》で読んだのでしたが、このごろはジョバンニはまるで毎日教室でもねむく、本を読むひまも読む本もないので、なんだかどんなこともよくわからないという気持《きも》ちがするのでした。

ところが先生は早くもそれを見附《みつ》けたのでした。

「ジョバンニさん。あなたはわかっているのでしょう。」

ジョバンニは勢《いきおい》よく立ちあがりましたが、立ってみるともうはっきりとそれを答えることができないのでした。ザネリが前の席《せき》からふりかえって、ジョバンニを見てくすっとわらいました。ジョバンニはもうどぎまぎしてまっ赤になってしまいました。先生がまた云《い》いました。

「大きな望遠鏡《ぼうえんきょう》で銀河《ぎんが》をよっく調《しら》べると銀河は大体何でしょう。」

やっぱり星だとジョバンニは思いましたがこんどもすぐに答えることができませんでした。

先生はしばらく困《こま》ったようすでしたが、眼《め》をカムパネルラの方へ向《む》けて、

「ではカムパネルラさん。」と名指《なざ》しました。するとあんなに元気に手をあげたカムパネルラが、やはりもじもじ立ち上ったままやはり答えができま

せんでした。

先生は意外《いがい》なようにしばらくじっとカムパネルラを見ていましたが、急《いそ》いで「では。よし。」と云いながら、自分で星図を指しました。

「このぼんやりと白い銀河を大きないい望遠鏡で見ますと、もうたくさんの小さな星に見えるのです。ジョバンニさんそうでしょう。」

ジョバンニはまっ赤になってうなずきました。けれどもいつかジョバンニの眼のなかには涙《なみだ》がいっぱいになりました。そうだ僕《ぼく》は知っていたのだ、勿論《もちろん》カムパネルラも知っている、それはいつかカムパネルラのお父さんの博士《はかせ》のうちでカムパネルラといっしょに読んだ雑誌《ざっし》のなかにあったのだ。それどこでなくカムパネルラは、その雑誌を読むと、すぐお父さんの書斎《しょさい》から巨《おお》きな本をもってきて、ぎんがというところをひろげ、まっ黒な頁《ページ》いっぱいに白い点々のある美《うつく》しい写真《しゃしん》を二人でいつまでも見たのでした。それをカムパネルラが忘《わす》れるはずもなかったのに、すぐに返事《へんじ》をしなかったのは、このごろぼくが、朝にも午后《ごご》にも仕事《しごと》がつらく、学校に出てももうみんなともはきはき遊《あそ》ばず、カムパネルラともあんまり物《もの》を云わないようになったので、カムパネルラがそれを知って気の毒《どく》がってわざと返事をしなかったのだ、そう考えるとたまらないほど、じぶんもカムパネルラもあわれなような気がするのでした。

先生はまた云《い》いました。

「ですからもしもこの天の川がほんとうに川だと考えるなら、その一つ一つの小さな星はみんなその川のそこの砂《すな》や砂利《じゃり》の粒《つぶ》にもあたるわけです。またこれを巨《おお》きな乳《ちち》の流《なが》れと考えるならもっと天の川とよく似《に》ています。つまりその星はみな、乳のなかにまるで細かにうかんでいる脂《し》油《ゆ》の球《きゅう》にもあたるのです。そんなら何がその川の水にあたるかと云《い》いますと、それは真空《しんくう》という光をある速《はや》さで伝《つた》えるもので、太陽《たいよう》や地球もやっぱりそのなかに浮《う》かんでいるのです。つまりは私どもも天の川の水のなかに棲《す》んでいるわけです。そしてその天の川の水のなかから四方を見ると、ちょうど水が深《ふか》いほど青く見えるように、天の川の底《そこ》の深く遠いところほど星がたくさん集《あつま》って見えしたがって白くぼんやり見えるのです。この模型《もけい》をごらんなさい。」

先生は中にたくさん光る砂のつぶの入った大きな両面《りょうめん》の凸《とつ》レンズを指《さ》しました。

「天の川の形はちょうどこんななのです。このいちいちの光るつぶがみんな私どもの太陽と同じようにじぶんで光っている星だと考えます。私どもの太陽がこのほぼ中ごろに*あって地球がそのすぐ近くにあるとします。みなさんは夜にこのまん中に立ってこのレンズの中を見まわすとしてごらんなさい。こっちの方はレンズが薄《うす》いのでわずかの光る粒即《つぶすなわ》ち星しか見えないのでしょう。こっちやこっちの方はガラスが厚《あつ》いので、光る粒即ち星がたくさん見えその遠いのはぼうっと白く見えるというこれがつまり今日《こんにち》の銀河《ぎんが》の説《せつ》なのです。そんならこのレンズの大きさがどれくらいあるかまたその中のさまざまの星についてはもう時間ですからこの次《つぎ》の理科の時間にお話します。では今日《きょう》はその銀河のお祭《まつり》なのですからみなさんは外へでてよくそらをごらんなさい。ではここまでです。本やノートをおしまいなさい。」

　そして教室中はしばらく机《つくえ》の蓋《ふた》をあけたりしめたり本を重《かさ》ねたりする音がいっぱいでしたがまもなくみんなはきちんと立って礼《れい》をすると教室を出ました。

二　活版所《かっぱんじょ》

　ジョバンニが学校の門を出るとき、同じ組の七、八人は家へ帰らずカムパネルラをまん中にして校庭《こうてい》の隅《すみ》の桜《さくら》の木のところに集《あつ》まっていました。それはこんやの星祭《ほしまつり》に青いあかりをこしらえて川へ流《なが》す烏瓜《からすうり》を取《と》りに行く相談《そうだん》らしかったのです。

　けれどもジョバンニは手を大きく振《ふ》ってどしどし学校の門を出て来ました。すると町の家々ではこんやの銀河《ぎんが》の祭りにいちいの葉《は》の玉をつるしたりひのきの枝《えだ》にあかりをつけたりいろいろ仕度《したく》をしているのでした。

家へは帰らずジョバンニが町を三つ曲《まが》ってある大きな活版処《かっぱんじょ》にはいってすぐ入口の計算台に居《い》ただぶだぶの白いシャツを着《き》た人におじぎをしてジョバンニは靴《くつ》をぬいで上りますと、突《つ》き当りの大きな扉《とびら》をあけました。中にはまだ昼なのに電燈《でんとう》がついてたくさんの輪転器《りんてんき》がばたりばたりとまわり、きれで頭をしばったりラムプシェード*をかけたりした人たちが、何か歌うように読んだり数えたりしながらたくさん働《はたら》いておりました。

ジョバンニはすぐ入口から三番目の高い卓子《テーブル》に座《すわ》った人の所《ところ》へ行っておじぎをしました。その人はしばらく棚《たな》をさがしてから、

「これだけ拾《ひろ》って行けるかね。」と云《い》いながら、一枚《まい》の紙切れを渡《わた》しました。ジョバンニはその人の卓子の足もとから一つの小さな平《ひら》たい函《はこ》をとりだして向《むこ》うの電燈のたくさんついた、たてかけてある壁《かべ》の隅《すみ》の所へしゃがみ込《こ》むと小さなピンセットでまるで粟粒《あわつぶ》ぐらいの活字を次《つぎ》から次と拾いはじめました。青い胸《むね》あてをした人がジョバンニのうしろを通りながら、

「よう、虫めがね君、お早う。」と云いますと、近くの四、五人の人たちが声もたてずこっちも向《む》かずに冷《つめた》くわらいました。

ジョバンニは何べんも眼《め》を拭《ぬぐ》いながら活字をだんだんひろいました。

六時がうってしばらくたったころ、ジョバンニは拾った活字をいっぱいに入れた平たい箱《はこ》をもういちど手にもった紙きれと引き合せてから、さっきの卓子の人へ持《も》って来ました。その人は黙《だま》ってそれを受《う》け取《と》って微《かす》かにうなずきました。

ジョバンニはおじぎをすると扉《とびら》をあけて計算台のところに来ました。するとさっきの白服《しろふく》を着《き》た人がやっぱりだまって小さな銀貨《ぎんか》を一つジョバンニに渡《わた》しました。ジョバンニは俄《にわ》かに顔いろがよくなって威勢《いせい》よくおじぎをすると台の下に置《お》いた鞄《かばん》をもっておもてへ飛《と》びだしました。それから元気よく口笛《くちぶえ》を吹《ふ》きながらパン屋《や》へ寄《よ》ってパンの塊《かたまり》を一つと角砂糖《かくざとう》を一袋《ひとふくろ》買いますと一目散《いちもくさん》に走りだしました。

三　家

　ジョバンニが勢《いきお》よく帰って来たのは、ある裏町《うらまち》の小さな家でした。その三つならんだ入口の一番左側《ひだりがわ》には空箱《あきばこ》に紫《むらさき》いろのケール*やアスパラガスが植《う》えてあって小さな二つの窓《まど》には日覆《ひおお》いが下りたままになっていました。

「お母さん。いま帰ったよ。工合《ぐあい》悪《わる》くなかったの。」ジョバンニは靴《くつ》をぬぎながら云《い》いました。

「ああ、ジョバンニ、お仕事《しごと》がひどかったろう。今日《きょう》は涼《すず》しくてね。わたしはずうっと工合がいいよ。」

　ジョバンニは玄関《げんかん》を上って行きますとジョバンニのお母さんがすぐ入口の室に白い巾《きれ》を被《かぶ》って寝《やす》んでいたのでした。ジョバンニは窓《まど》をあけました。

「お母さん。今日は角砂糖を買ってきたよ。牛乳《ぎゅうにゅう》に入れてあげようと思って。」

「ああ、お前さきにおあがり。あたしはまだほしくないんだから。」

「お母さん。姉さんはいつ帰ったの。」

「ああ三時ころ帰ったよ。みんなそこらをしてくれてね。」

「お母さんの牛乳は来ていないんだろうか。」

「来なかったろうかねえ。」

「ぼく行ってとって来よう。」

「あああたしはゆっくりでいいんだからお前さきにおあがり、姉さんがね、トマトで何かこしらえてそこへ置《お》いて行ったよ。」

「ではぼくたべよう。」

ジョバンニは窓《まど》のところからトマトの皿《さら》をとってパンといっしょにしばらくむしゃむしゃたべました。

「ねえお母さん。ぼくお父さんはきっと間もなく帰ってくると思うよ。」

「あああたしもそう思う。けれどもおまえはどうしてそう思うの。」

「だって今朝《けさ》の新聞に今年は北の方の漁《りょう》は大へんよかったと書いてあった

よ。」

「ああだけどねえ、お父さんは漁へ出ていないかもしれない。」

「きっと出ているよ。お父さんが監獄《かんごく》へ入るようなそんな悪《わる》いことをしたはずがないんだ。この前お父さんが持《も》ってきて学校へ寄贈《きぞう》した巨《おお》きな蟹《かに》の甲《こう》らだのとなかいの角《つの》だの今だってみんな標本室《ひょうほん》にあるんだ。六年生なんか授業《じゅぎょう》のとき先生がかわるがわる教室へ持って行くよ。一昨年《おととし》修学旅行《しゅうがくりょこう》で
〔以下数文字分空白〕

「お父さんはこの次《つぎ》はおまえにラッコ＊の上着《うわぎ》をもってくるといったねえ。」

「みんながぼくにあうとそれを云《い》うよ。ひやかすように云うんだ。」

「おまえに悪口《わるくち》を云うの。」

「うん、けれどもカムパネルラなんか決《けっ》して云わない。カムパネルラはみんながそんなことを云うときは気の毒《どく》そうにしているよ。」

「あの人はうちのお父さんとはちょうどおまえたちのように小さいときからのお友達《ともだち》だったそうだよ。」

「ああだからお父さんはぼくをつれてカムパネルラのうちへもつれて行ったよ。あのころはよかったなあ。ぼくは学校から帰る途中《とちゅう》たびたびカムパネルラのうちに寄《よ》った。カムパネルラのうちにはアルコールランプで走る汽車があったんだ。レールを七つ組み合せると円《まる》くなってそれに電柱《でんちゅう》や信《しん》号標《ごうひょう》もついていていて信号標のあかりは汽車が通るときだけ青くなるようになっていたんだ。いつかアルコールがなくなったとき石油《せきゆ》をつかったら、缶《かま》がすっかり煤《すす》けたよ。」

「そうかねえ。」

「いまも毎朝新聞をまわしに行くよ。けれどもいつでも家中まだしぃんとしているからな。」

「早いからねえ。」

「ザウエル*という犬がいるよ。しっぽがまるで箒《ほうき》のようだ。ぼくが行くと鼻《はな》を鳴らしてついてくるよ。ずうっと町の角までついてくる。もっとついてくることもあるよ。今夜はみんなで烏瓜《からすうり》のあかりを川へながしに行くんだって。きっと犬もついて行くよ。」

「そうだ。今晩《こんばん》は銀河《ぎんが》のお祭《まつり》だねえ。」

「うん。ぼく牛乳《ぎゅうにゅう》をとりながら見てくるよ。」

「ああ行っておいで。川へははいらないでね。」

「ああぼく岸《きし》から見るだけなんだ。一時間で行ってくるよ。」

「もっと遊《あそ》んでおいで。カムパネルラさんと一緒《いっしょ》なら心配《しんぱい》はないから。」

「ああきっと一緒だよ。お母さん、窓《まど》をしめておこうか。」

「ああ、どうか。もう涼《すず》しいからね。」

ジョバンニは立って窓をしめお皿《さら》やパンの袋《ふくろ》を片附《かたづ》けると勢《いきお》よく靴《くつ》をはいて、

「では一時間半で帰ってくるよ。」と云《い》いながら暗《くら》い戸口を出ました。

四　ケンタウル祭《さい》*の夜

ジョバンニは、口笛《くちぶえ》を吹《ふ》いているようなさびしい口付《くちつ》きで、檜《ひのき》のまっ黒にならんだ町の坂《さか》を下りて来たのでした。

坂の下に大きな一つの街燈《がいとう》が、青白く立派《りっぱ》に光って立っていました。ジョバンニが、どんどん電燈の方へ下りて行きますと、いままでばけもののように、長くぼんやり、うしろへ引いていたジョバンニの影《かげ》ぼうしは、だんだん濃《こ》く黒くはっきりなって、足をあげたり手を振《ふ》ったり、ジョバンニの横《よこ》の方へまわって来るのでした。

(ぼくは立派な機関車《きかんしゃ》だ。ここは勾配《こうばい》だから速《はや》いぞ。ぼくはいまその電燈を通り越《こ》す。そうら、こんどはぼくの影法師《かげぼうし》はコンパスだ。あんなにくるっとまわって、前の方へ来た。)

とジョバンニが思いながら、大股《おおまた》にその街燈の下を通り過《す》ぎたとき、いきなりひるまのザネリが、新らしいえりの尖《とが》ったシャツを着《き》て電燈の向《むこ》う側《がわ》の暗《くら》い小路《こうじ》から出て来て、ひらっとジョバンニとすれちがいました。

「ザネリ、烏瓜《からすうり》ながしに行くの。」ジョバンニがまだそう云ってしまわないうちに、

「ジョバンニ、お父さんから、らっこの上着《うわぎ》が来るよ。」その子が投《な》げつけるようにうしろから叫《さけ》びました。

ジョバンニは、ばっと胸《むね》がつめたくなり、そこら中きぃんと鳴るように思いました。

「何だい。ザネリ。」とジョバンニは高く叫び返《かえ》しましたがもうザネリは向うのひばの植《うわ》った家の中へはいっていました。

「ザネリはどうしてぼくがなんにもしないのにあんなことを云うのだろう。走るときはまるで鼠《ねずみ》のようなくせに。ぼくがなんにもしないのにあんなことを云うのはザネリがばかなからだ。」

ジョバンニは、せわしくいろいろのことを考えながら、さまざまの灯《ひ》や

木の枝《えだ》で、すっかりきれいに飾《かざ》られた街《まち》を通って行きました。時計屋《とけいや》の店には明るくネオン燈《とう》がついて、一秒《びょう》ごとに石でこさえたふくろうの赤い眼《め》が、くるっくるっとうごいたり、いろいろな宝石《ほうせき》が海のような色をした厚《あつ》い硝子《ガラス》の盤《ばん》に載《の》って星のようにゆっくり循《めぐ》ったり、また向《むこ》う側《がわ》から、銅《どう》の人馬がゆっくりこっちへまわって来たりするのでした。そのまん中に円《まる》い黒い星座《せいざ》早見が青いアスパラガスの葉《は》で飾ってありました。

ジョバンニはわれを忘《わす》れて、その星座の図に見入りました。

それはひる学校で見たあの図よりはずうっと小さかったのですがその日と時間に合せて盤をまわすと、そのとき出ているそらがそのまま楕円形《だえんけい》のなかにめぐってあらわれるようになっておりやはりそのまん中には上から下へかけて銀河がぼうとけむったような帯《おび》になってその下の方ではかすかに爆発《ばくはつ》して湯気《ゆげ》でもあげているように見えるのでした。またそのうしろには三本の脚《あし》のついた小さな望遠鏡《ぼうえんきょう》が黄いろに光って立っていましたしいちばんうしろの壁《かべ》には空じゅうの星座をふしぎな獣《けもの》や蛇《へび》や魚や瓶《びん》の形に書いた大きな図がかかっていました。ほんとうにこんなような蝎《さそり》だの勇士《ゆうし》だのそらにぎっしり居《い》るだろうか、ああぼくはその中をどこまでも歩いてみたいと思ってたりしてしばらくぼんやり立っていました。

それから俄《にわ》かにお母さんの牛乳《ぎゅうにゅう》のことを思いだしてジョバンニはその店をはなれました。そしてきゅうくつな上着《うわぎ》の肩《かた》を気にしながらそれでもわざと胸《むね》を張《は》って大きく手を振《ふ》って町を通って行きました。

空気は澄《す》みきって、まるで水のように通りや店の中を流《なが》れましたし、街《がい》燈《とう》はみなまっ青なもみや楢《なら》の枝《えだ》で包《つつ》まれ、電気会社の前の六本のプラタナスの木などは、中に沢山《たくさん》の豆電燈《まめでんとう》がついて、ほんとうにそこらは人魚の都《みやこ》のように見えるのでした。子どもらは、みんな新らしい折《おり》のついた着物《きもの》を着て、星めぐりの口笛《くちぶえ》を吹《ふ》いたり、

「ケンタウルス、露《つゆ》をふらせ。」と叫《さけ》んで走ったり、青いマグネシヤの花火*を燃《も》したりして、たのしそうに遊《あそ》んでいるのでした。けれどもジョバンニは、いつかまた深《ふか》く首を垂《た》れて、そこらのにぎやかさとはまるでちがっ

たことを考えながら、牛乳屋《ぎゅうにゅうや》の方へ急《いそ》ぐのでした。

ジョバンニは、いつか町はずれのポプラの木が幾本《いくほん》も幾本も、高く星ぞらに浮《う》かんでいるところに来ていました。その牛乳屋の黒い門を入り、牛の匂《におい》のするうすくらい台所《だいどころ》の前に立って、ジョバンニは帽子《ぼうし》をぬいで「今晩《こんばん》は、」と云《い》いましたら、家の中はしぃんとして誰《だれ》も居《い》たようではありませんでした。

「今晩は、ごめんなさい。」ジョバンニはまっすぐに立ってまた叫びました。するとしばらくたってから、年老《としと》った女の人が、どこか工合《ぐあい》が悪《わる》いようにそろそろと出て来て何か用かと口の中で云いました。

「あの、今日、牛乳が僕《ぼく》んとこへ来なかったので、貰《もら》いにあがったんです。」ジョバンニが一生けん命勢《めいいきおい》よく云いました。

「いま誰もいないでわかりません。あしたにして下さい。」

その人は、赤い眼《め》の下のとこを擦《こす》りながら、ジョバンニを見おろして云いました。

「おっかさんが病気《びょうき》なんですから今晩でないと困《こま》るんです。」

「ではもう少したってから来てください。」その人はもう行ってしまいそうでした。

「そうですか。ではありがとう。」ジョバンニは、お辞儀《じぎ》をして台所から出ました。

十字になった町のかどを、まがろうとしましたら、向《むこ》うの橋《はし》へ行く方の雑貨店《ざっかてん》の前で、黒い影《かげ》やぼんやり白いシャツが入り乱《みだ》れて、六、七人の生徒《せいと》らが、口笛《くちぶえ》を吹《ふ》いたり笑《わら》ったりして、めいめい烏瓜《からすうり》の燈火《あかり》を持《も》ってやって来るのを見ました。その笑い声も口笛も、みんな聞きおぼえのあるものでした。ジョバンニの同級《どうきゅう》の子供《こども》らだったのです。ジョバンニは思わずどきっとして戻《もど》ろうとしましたが、思い直して、一そう勢よくそっちへ歩いて行きました。

「川へ行くの。」ジョバンニが云おうとして、少しのどがつまったように思ったとき、

「ジョバンニ、らっこの上着《うわぎ》が来るよ。」さっきのザネリがまた叫びました。

「ジョバンニ、らっこの上着が来るよ。」すぐみんなが、続《つづ》いて叫びました。ジョバンニはまっ赤になって、もう歩いているかもわからず、急《いそ》いで行きすぎようとしましたら、そのなかにカムパネルラが居《い》たのです。カムパネルラは気の毒《どく》そうに、だまって少しわらって、怒《おこ》らないだろうかというようにジョバンニの方を見ていました。

ジョバンニは、遁《に》げるようにその眼《め》を避《さ》け、そしてカムパネルラのせいの高いかたちが過《す》ぎて行って間もなく、みんなはてんでに口笛を吹きました。町かどを曲《まが》るとき、ふりかえって見ましたら、ザネリがやはりふりかえって見ていました。そしてカムパネルラもまた、高く口笛を吹いて向うにぼんやり橋の方へ歩いて行ってしまったのでした。ジョバンニは、なんとも云《い》えずさびしくなって、いきなり走り出しました。すると耳に手をあてて、わああと云いながら片足《かたあし》でぴょんぴょん跳《と》んでいた小さな子供らは、ジョバンニが面白《おもしろ》くてかけるのだと思ってわあいと叫びました。まもなくジョバンニは黒い丘《おか》の方へ急ぎました。

五　天気輪《てんきりん》の柱《はしら》＊

牧場《ぼくじょう》のうしろはゆるい丘《おか》になって、その黒い平《たい》らな頂上《ちょうじょう》は、北の大熊星《おおぐまぼし》の下に、ぼんやりふだんよりも低《ひく》く連《つらな》って見えました。

ジョバンニは、もう露《つゆ》の降《ふ》りかかった小さな林のこみちを、どんどんのぼって行きました。まっくらな草や、いろいろな形に見えるやぶのしげみの間を、その小さなみちが、一すじ白く星あかりに照《て》らしだされてあったのです。草の中には、ぴかぴか青びかりを出す小さな虫もいて、ある葉《は》は青くすかし出され、ジョバンニは、さっきみんなの持《も》って行った烏瓜《からすうり》のあかりのようだとも思いました。

そのまっ黒な、松《まつ》や楢《なら》の林を越《こ》えると、俄《にわ》かにがらんと空がひらけて、天の川がしらしらと南から北へ亘《わた》っているのが見え、また頂《いただき》の、天気輪《てんきりん》の柱《はしら》も見わけられたのでした。つりがねそうか野ぎくかの花が、そこらいちめんに、夢《ゆめ》の中からでも薫《かお》りだしたというように咲《さ》き、鳥が一疋《ぴき》、丘《おか》の上を鳴き続《つづ》けながら通って行きました。

ジョバンニは、頂の天気輪の柱の下に来て、どかどかするからだを、つめたい草に投《な》げました。

町の灯《ひ》は、暗《やみ》の中をまるで海の底《そこ》のお宮《みや》のけしきのようにともり、子供《こども》らの歌う声や口笛《くちぶえ》、きれぎれの叫《さけ》び声もかすかに聞えて来るのでした。風が遠くで鳴り、丘《おか》の草もしずかにそよぎ、ジョバンニの汗《あせ》でぬれたシャツもつめたく冷《ひや》されました。ジョバンニは町のはずれから遠く黒くひろがった野原を見わたしました。

そこから汽車の音が聞えてきました。その小さな列車《れっしゃ》の窓《まど》は一列小さく赤く見え、その中にはたくさんの旅人《たびびと》が、苹果《りんご》*を剝《む》いたり、わらったり、いろいろな風にしていると考えますと、ジョバンニは、もう何とも云《い》えずかなしくなって、また眼《め》をそらに挙《あ》げました。

あああの白いそらの帯《おび》がみんな星だというぞ。

ところがいくら見ていても、そのそらはひる先生の云ったような、がらんとした冷《つめた》いとこだとは思われませんでした。それどころでなく、見れば見るほど、そこは小さな林や牧場《ぼくじょう》やらある野原のように考えられて仕方《しかた》なかったのです。そしてジョバンニは青い琴《こと》の星が、三つにも四つにもなって、ちらちら瞬《また》き、脚《あし》が何べんも出たり引っ込《こ》んだりして、とうとう蕈《きのこ》のように長く延《の》びるのを見ました。またすぐ眼の下のまちまでがやっぱりぼんやりしたたくさんの星の集《あつま》りか一つの大きなけむりかのように見えるように思いました。

六　銀河《ぎんが》ステーション

そしてジョバンニはすぐうしろの天気輪《てんきりん》の柱《はしら》がいつかぼんやりした三角《さんかく》

標《ひょう》*の形になって、しばらく蛍《ほたる》のように、ぺかぺか消《き》えたりともったりしているのを見ました。それはだんだんはっきりして、とうとうりんとうごかないようになり、濃《こ》い鋼青《こうせい》*のそらの野原にたちました。いま新らしく灼《や》いたばかりの青い鋼《はがね》の板《いた》のような、そらの野原に、まっすぐにすきっと立ったのです。

するとどこかで、ふしぎな声が、銀河《ぎんが》ステーション、銀河ステーションと云《い》う声がしたと思うといきなり眼《め》の前が、ぱっと明るくなって、まるで億万《おくまん》の蛍烏賊《ほたるいか》の火を一ぺんに化石《かせき》させて、そら中に沈《しず》めたという工合《ぐあい》、またダイアモンド会社*で、ねだんがやすくならないために、わざと穫《と》れないふりをして、かくしておいた金剛石《こんごうせき》を、誰《だれ》かがいきなりひっくりかえして、ばら撒《ま》いたという風に、眼の前がさあっと明るくなって、ジョバンニは、思わず何べんも眼を擦《こす》ってしまいました。

気がついてみると、さっきから、ごとごとごとごと、ジョバンニの乗《の》っている小さな列車《れっしゃ》が走りつづけていたのでした。ほんとうにジョバンニは、夜の軽便鉄道《けいべんてつどう》の、小さな黄いろの電燈《でんとう》のならんだ車室に、窓《まど》から外を見ながら座《すわ》っていたのです。車室の中は、青い天蚕絨《びろうど》を張《は》った腰掛《こしか》けが、まるでがら明きで、向《むこ》うの鼠《ねずみ》いろのワニスを塗《ぬ》った壁《かべ》には、真鍮《しんちゅう》の大きなぼたんが二つ光っているのでした。

すぐ前の席《せき》に、ぬれたようにまっ黒な上着《うわぎ》を着た、せいの高い子供《こども》が、窓から頭を出して外を見ているのに気が付《つ》きました。そしてそのこどもの肩《かた》のあたりが、どうも見たことのあるような気がして、そう思うと、もうどうしても誰《だれ》だかわかりたくて、たまらなくなりました。いきなりこっちも窓から顔を出そうとしたとき、俄《にわ》かにその子供が頭を引っ込《こ》めて、こっちを見ました。

それはカムパネルラだったのです。

ジョバンニが、カムパネルラ、きみは前からここに居《い》たのと云《い》おうと思ったとき、カムパネルラが、

「みんなはねずいぶん走ったけれども遅《おく》れてしまったよ。ザネリもね、ず

いぶん走ったけれども追《お》いつかなかった。」と云《い》いました。

ジョバンニは、（そうだ、ぼくたちはいま、いっしょにさそって出掛《でか》けたのだ。）とおもいながら、

「どこかで待《ま》っていようか。」と云いました。するとカムパネルラは、

「ザネリはもう帰ったよ。お父さんが迎《むか》いにきたんだ。」

カムパネルラは、なぜかそう云いながら、少し顔いろが青ざめて、どこか苦《くる》しいというふうでした。するとジョバンニも、なんだかどこかに、何か忘《わす》れたものがあるというような、おかしな気持《きも》ちがしてだまってしまいました。

ところがカムパネルラは、窓《まど》から外をのぞきながら、もうすっかり元気が直って、勢《いきお》いよく云いました。

「ああしまった。ぼく、水筒《すいとう》を忘れてきた。スケッチ帳《ちょう》も忘れてきた。けれど構《かま》わない。もうじき白鳥の停車場《ていしゃじょう》だから。ぼく、白鳥を見るなら、ほんとうにすきだ。川の遠くを飛《と》んでいたって、ぼくはきっと見える。」そ

して、カムパネルラは、円《まる》い板《いた》のようになった地図を、しきりにぐるぐるまわして見ていました。まったくその中に、白くあらわされた天の川の左の岸《きし》に沿《そ》って一条《いちじょう》の鉄道線路《てつどうせんろ》が、南へ南へとたどって行くのでした。そしてその地図の立派《りっぱ》なことは、夜のようにまっ黒な盤《ばん》の上に、一々の停車場や三角標《さんかくひょう》、泉水《せんすい》や森が、青や橙《だいだい》や緑《みどり》や、うつくしい光でちりばめられてありました。ジョバンニはなんだかその地図をどこかで見たようにおもいました。

「この地図はどこで買ったの。黒曜石《こくようせき》*でできてるねえ。」

ジョバンニが云《い》いました。

「銀河《ぎんが》ステーションで、もらったんだ。君もらわなかったの。」

「ああ、ぼく銀河ステーションを通ったろうか。いまぼくたちの居《い》るとこ、ここだろう。」

ジョバンニは、白鳥と書いてある停車場のしるしの、すぐ北を指《さ》しました。

「そうだ。おや、あの河原《かわら》は月夜だろうか。」そっちを見ますと、青白く光る銀河の岸に、銀いろの空のすすきが、もうまるでいちめん、風にさらさらさらさら、ゆられてうごいて、波《なみ》を立てているのでした。

「月夜でないよ。銀河だから光るんだよ。」ジョバンニは云いながら、まるではね上りたいくらい愉快《ゆかい》になって、足をこつこつ鳴らし、窓から顔を出して、高く高く星めぐりの口笛《くちぶえ》を吹《ふ》きながら一生けん命延《めいの》びあがって、その天の川の水を、見きわめようとしましたが、はじめはどうしてもそれが、はっきりしませんでした。けれどもだんだん気をつけて見ると、そのきれいな水は、ガラスよりも水素《すいそ》よりもすきとおって、ときどき眼《め》の加減《かげん》か、ちらちら紫《むらさき》いろのこまかな波《なみ》をたてたり、虹《にじ》のようにぎらっと光ったりしながら、声もなくどんどん流《なが》れて行き、野原にはあっちにもこっちにも、燐光《りんこう》の三角標《さんかくひょう》が、うつくしく立っていたのです。遠いものは小さく、近いものは大きく、遠いものは橙《だいだい》や黄いろではっきりし、近いものは青白く少しかすんで、或《ある》いは三角形、或いは四辺形《しへんけい》、あるいは電《いなずま》や鎖《くさり》の形、さまざまにならんで、野原いっぱい光っているのでした。ジョバンニは、まるでどきどきして、頭をやけに振《ふ》りました。するとほんとうに、そのきれいな野原中の青や橙や、いろいろかがやく三角標も、てんでに息《いき》をつくように、ちらちらゆれたり顫《ふる》えたりしました。

「ぼくはもう、すっかり天の野原に来た。」ジョバンニは云《い》いました。「それにこの汽車石炭《せきたん》をたいていないねえ。」ジョバンニが左手をつき出して窓《まど》から前の方を見ながら云いました。

「アルコールか電気だろう。」カムパネルラが云いました。

ごとごとごとごと、その小さなきれいな汽車は、そらのすすきの風にひるがえる中を、天の川の水や、三角点の青じろい微光《びこう》の中を、どこまでもどこまでもと、走って行くのでした。

「ああ、りんどうの花が咲《さ》いている。もうすっかり秋だねえ。」カムパネルラが、窓の外を指《ゆび》さして云いました。

線路《せんろ》のへりになったみじかい芝草《しばくさ》の中に、月長石《げつちょうせき》*ででも刻《きざ》まれたような、すばらしい紫《むらさき》のりんどうの花が咲いていました。

「ぼく、飛《と》び下りて、あいつをとって、また飛び乗《の》ってみせようか。」ジョバンニは胸《むね》を躍《おど》らせて云いました。

「もうだめだ。あんなにうしろへ行ってしまったから。」

カムパネルラが、そう云ってしまうかしまわないうち、次《つぎ》のりんどうの花が、いっぱいに光って過《す》ぎて行きました。

と思ったら、もう次から次から、たくさんのきいろな底《そこ》をもったりんどうの花のコップが、湧《わ》くように、雨のように、眼《め》の前を通り、三角標《さんかくひょう》の列《れつ》は、けむるように燃《も》えるように、いよいよ光って立ったのです。

七　北十字《きたじゅうじ》＊とプリオシン海岸《かいがん》＊

「おっかさんは、ぼくをゆるして下さるだろうか。」

いきなり、カムパネルラが、思い切ったというように、少しどもりながら、急《せ》きこんで云《い》いました。

ジョバンニは、

（ああ、そうだ、ぼくのおっかさんは、あの遠い一つのちりのように見える橙《だいだい》いろの三角標《さんかくひょう》のあたりにいらっしゃって、いまぼくのことを考えているんだった。）と思いながら、ぼんやりしてだまっていました。

「ぼくはおっかさんが、ほんとうに幸《しあわせ》になるなら、どんなことでもする。けれども、いったいどんなことが、おっかさんのいちばんの幸なんだろう。」カムパネルラは、なんだか、泣《な》きだしたいのを、一生けん命《めい》こらえているようでした。

「きみのおっかさんは、なんにもひどいことないじゃないの。」ジョバンニはびっくりして叫《さけ》びました。

「ぼくわからない。けれども、誰《だれ》だって、ほんとうにいいことをしたら、いちばん幸なんだねえ。だから、おっかさんは、ぼくをゆるして下さると思う。」カムパネルラは、なにかほんとうに決心《けっしん》しているように見えました。

俄《にわ》かに、車のなかが、ぱっと白く明るくなりました。見ると、もうじつに、金剛石《こんごうせき》や草の露《つゆ》やあらゆる立派《りっぱ》さをあつめたような、きらびやかな銀《ぎん》河《が》の河床《かわどこ》の上を水は声もなくかたちもなく流《なが》れ、その流れのまん中に、ぼうっと青白く後光《ごこう》の射《さ》した一つの島《しま》が見えるのでした。その島の平《たい》らないただきに、立派な眼《め》もさめるような、白い十字架《じゅうじか》がたって、それはもう凍《こお》った北極《ほっきょく》の雲で鋳《い》たといったらいいか、すきっとした金いろの円光をいただいて、しずかに永久《えいきゅう》に立っているのでした。

「ハレルヤ、ハレルヤ。」前からもうしろからも声が起《おこ》りました。ふりかえって見ると、車室の中の旅人《たびびと》たちは、みなまっすぐにきもののひだを垂《た》れ、黒いバイブルを胸《むね》にあてたり、水晶《すいしょう》の珠数《じゅず》をかけたり、どの人もつつましく指《ゆび》を組み合せて、そっちに祈《いの》っているのでした。思わず二人もまっすぐに立ちあがりました。カムパネルラの頰《ほお》は、まるで熟《じゅく》した苹果《りんご》のあかしのようにうつくしくかがやいて見えました。

そして島と十字架とは、だんだんうしろの方へうつって行きました。向《む》こう岸《ぎし》も、青じろくぼうっと光ってけむり、時々、やっぱりすすきが風にひるがえるらしく、さっとその銀《ぎん》いろがけむって、息《いき》でもかけたように見え、また、たくさんのりんどうの花が、草をかくれたり出たりするのは、やさしい狐火《きつねび》*のように思われました。

それもほんのちょっとの間、川と汽車との間は、すすきの列《れつ》でさえぎられ、白鳥の島は、二度《ど》ばかり、うしろの方に見えましたが、じきもうずうっと遠く小さく、絵のようになってしまい、またすすきがざわざわ鳴って、とうとうすっかり見えなくなってしまいました。ジョバンニのうしろには、いつから乗《の》っていたのか、せいの高い、黒いかつぎ*をしたカトリック風の尼《あま》さんが、まん円《まる》な緑《みどり》の瞳《ひとみ》を、じっとまっすぐに落《おと》して、まだ何かことばか声かが、そっちから伝《つた》わって来るのを、虔《つつし》んで聞いているというように見えました。旅人たちはしずかに席《せき》に戻《もど》り、二人も胸いっぱいのかなしみに似《に》た新らしい気持《きも》ちを、何気《なにげ》なくちがった語《ことば》で、そっと談《はな》し合ったのです。

「もうじき白鳥の停車場《ていしゃじょう》だねえ。」

「ああ、十一時かっきりには着《つ》くんだよ。」

早くも、シグナルの緑と橙《だいだい》と、ぼんやり白い柱《はしら》とが、ちらっと窓《まど》のそとを過《す》ぎ、それから硫黄《いおう》のほのおのようなくらいぼんやりした転《てん》てつ機《き》の前のあかりが窓の下を通り、汽車はだんだんゆるやかになって、間もなくプラットホームの一列《いちれつ》の電燈《でんとう》が、うつくしく規則《きそく》正しくあらわれ、それがだんだん大きくなってひろがって、二人は丁度《ちょうど》白鳥停車場の、大きな時計の前に来てとまりました。

さわやかな秋の時計の盤面《ばんめん》には、青く灼《や》かれたはがねの二本の針《はり》が、くっきり十一時を指《さ》しました。みんなは、一ぺんに下りて、車室の中はがらんとなってしまいました。

〔二十分停車〕と時計の下に書いてありました。

「ぼくたちも降《お》りてみようか。」ジョバンニが云《い》いました。

「降りよう。」二人は一度にはねあがってドアを飛《と》び出して改札口《かいさつぐち》へかけて行きました。ところが改札口には、明るい紫《むらさき》がかった電燈《でんとう》が、一つ点《つ》いているばかり、誰《だれ》も居《い》ませんでした。そこら中を見ても、駅長《えきちょう》や赤帽《あかぼう》らしい人の、影《かげ》もなかったのです。

二人は、停車場の前の、水晶細工《すいしょうざいく》のように見える銀杏《いちょう》の木に囲《かこ》まれた、小さな広場に出ました。そこから幅《はば》の広いみちが、まっすぐに銀河《ぎんが》の青光の中へ通っていました。

さきに降りた人たちは、もうどこへ行ったか一人も見えませんでした。二人がその白い道を、肩《かた》をならべて行きますと、二人の影《かげ》は、ちょうど四方に窓のある室の中の、二本の柱《はしら》の影のように、また二つの車輪《しゃりん》の輻《や》のように幾本《いくほん》も幾本も四方へ出るのでした。そして間もなく、あの汽車から見えたきれいな河原《かわら》に来ました。

カムパネルラは、そのきれいな砂《すな》を一つまみ、掌《てのひら》にひろげ、指《ゆび》できしきしさせながら、夢《ゆめ》のように云っているのでした。

「この砂はみんな水晶だ。＊中で小さな火が燃《も》えている。」

「そうだ。」どこでぼくは、そんなことを習《なら》ったろうと思いながら、ジョバンニもぼんやり答えていました。

河原の礫《こいし》は、みんなすきとおって、たしかに水晶や黄玉《トパース》や、またくしゃくしゃの皺曲《しゅうきょく》をあらわしたのや、また稜《かど》から霧《きり》のような青白い光を出す鋼玉《こうぎょく》＊やらでした。ジョバンニは、走ってその渚《なぎさ》に行って、水に手をひたしました。けれどもあやしいその銀河の水は、水素《すいそ》よりももっとすきとおっていたのです。それでもたしかに流《なが》れていたことは、二人の手首の、水にひたったとこが、少し水銀いろに浮《う》いたように見え、その手首にぶっつかってできた波《なみ》は、うつくしい燐光《りんこう》をあげて、ちらちらと燃《も》えるように見えたのでもわかりました。

川上の方を見ると、すすきのいっぱいに生えている崖《がけ》の下に、白い岩が、まるで運動場《うんどうじょう》のように平《たい》らに川に沿《そ》って出ているのでした。そこに小さな五、六人の人かげが、何か掘《ほ》り出すか埋《う》めるかしているらしく、立ったり屈《かが》んだり、時々なにかの道具が、ピカッと光ったりしました。

「行ってみよう。」二人は、まるで一度に叫《さけ》んで、そっちの方へ走りました。その白い岩になった処《ところ》の入口に、

〔プリオシン海岸《かいがん》〕という、瀬戸物《せともの》のつるつるした標札《ひょうさつ》が立って、向《むこ》うの渚《なぎさ》には、ところどころ、細い鉄の欄干《らんかん》も植《う》えられ、木製《もくせい》のきれいなベンチも置《お》いてありました。

「おや、変《へん》なものがあるよ。」カムパネルラが、不思議《ふしぎ》そうに立ちどまって、岩から黒い細長いさきの尖《とが》ったくるみの実《み》のようなものをひろいました。

「くるみの実だよ。そら、沢山《たくさん》ある。流れて来たんじゃない。岩の中に入ってるんだ。」

「大きいね、このくるみ、倍《ばい》あるね。こいつはすこしもいたんでない。」

「早くあすこへ行って見よう。きっと何か掘ってるから。」

二人は、ぎざぎざの黒いくるみの実を持《も》ちながら、またさっきの方へ近

よって行きました。左手の渚には、波《なみ》がやさしい稲妻《いなずま》のように燃《も》えて寄《よ》せ、右手の崖《がけ》には、いちめん銀《ぎん》や貝殻《かいがら》でこさえたようなすすきの穂《ほ》がゆれたのです。

だんだん近付《ちかづ》いて見ると、一人のせいの高い、ひどい近眼鏡《きんがんきょう》をかけ、長《なが》靴《ぐつ》をはいた学者らしい人が、手帳《てちょう》に何かせわしそうに書きつけながら、鶴《つる》嘴《はし》をふりあげたり、スコープをつかったりしている、三人の助手《じょしゅ》らしい人たちに夢中《むちゅう》でいろいろ指図《さしず》をしていました。

「そこのその突起《とっき》を壊《こわ》さないように。スコープを使《つか》いたまえ、スコープを。おっと、も少し遠くから掘って。いけない、いけない。なぜそんな乱暴《らんぼう》をするんだ。」

見ると、その白い柔《やわ》らかな岩の中から、大きな大きな青じろい獣《けもの》の骨《ほね》が、横《よこ》に倒《たお》れて潰《つぶ》れたという風になって、半分以上掘り出されていました。そして気をつけて見ると、そこらには、蹄《ひづめ》の二つある足跡《あしあと》のついた岩が、四角に十ばかり、きれいに切り取《と》られて番号《ばんごう》がつけられてありました。

「君《きみ》たちは参観《さんかん》かね。」その大学士《だいがくし》らしい人が、眼鏡《めがね》をきらっとさせて、こっちを見て話しかけました。「くるみが沢山《たくさん》あったろう。それはまあ、ざっと百二十万年ぐらい前のくるみだよ。ごく新らしいほうさ。ここは百二十万年前、第三紀《だいさんき》*のあとのころは海岸《かいがん》でね、この下からは貝がらも出る。いま川の流《なが》れているとこに、そっくり塩水《しおみず》が寄《よ》せたり引いたりもしていたのだ。このけものかね、これはボス*といってね、おいおい、そこつるはしはよしたまえ。ていねいに鑿《のみ》でやってくれたまえ。ボスといってね、いまの牛の先祖《せんぞ》で、昔《むかし》はたくさん居《い》たさ。」

「標本《ひょうほん》にするんですか。」

「いや、証明《しょうめい》するに要《い》るんだ。ぼくらからみると、ここは厚《あつ》い立派《りっぱ》な地層《ちそう》で、百二十万年ぐらい前にできたという証拠《しょうこ》もいろいろあがるけれども、ぼくらとちがったやつからみてもやっぱりこんな地層に見えるかどうか、あるいは風か水やがらんとした空かに見えやしないかということなのだ。わかったかい。けれども、おいおい。そこもスコープではいけない。そのすぐ下に肋骨《ろっこつ》が埋《う》もれてるはずじゃないか。」大学士はあわてて走って行きました。

「もう時間だよ。行こう。」カムパネルラが地図と腕時計《うでどけい》とをくらべながら云《い》いました。

「ああ、ではわたくしどもは失礼《しつれい》いたします。」ジョバンニは、ていねいに大学士におじぎしました。

「そうですか。いや、さよなら。」大学士は、また忙《いそ》がしそうに、あちこち歩きまわって監督《かんとく》をはじめました。

二人は、その白い岩の上を、一生けん命《めい》汽車におくれないように走りました。そしてほんとうに、風のように走れたのです。息《いき》も切れず膝《ひざ》もあつくなりませんでした。

こんなにしてかけるなら、もう世界中《せかいじゅう》だってかけれると、ジョバンニは思いました。

そして二人は、前のあの河原《かわら》を通り、改札口《かいさつぐち》の電燈《でんとう》がだんだん大きくなって、間もなく二人は、もとの車室の席《せき》に座《すわ》って、いま行って来た方を、窓《まど》から見ていました。

八　鳥を捕《と》る人*

「ここへかけてもようございますか。」

がさがさした、けれども親切《しんせつ》そうな、大人《おとな》の声が、二人のうしろで聞えました。

それは、茶いろの少しぼろぼろの外套《がいとう》を着《き》て、白い巾《きれ》でつつんだ荷物《にもつ》を、二つに分けて肩《かた》に掛《か》けた、赤髯《あかひげ》のせなかのかがんだ人でした。

「ええ、いいんです。」ジョバンニは、少し肩《かた》をすぼめて挨拶《あいさつ》しました。その人は、ひげの中でかすかに微笑《わら》いながら、荷物をゆっくり網棚《あみだな》にのせました。ジョバンニは、なにか大へんさびしいようなかなしいような気がして、だまって正面《しょうめん》の時計を見ていましたら、ずうっと前の方で、硝子《ガラス》の笛《ふえ》のようなものが鳴りました。汽車はもう、しずかにうごいていたのです。カムパネルラは、車室の天井《てんじょう》を、あちこち見ていました。その一つのあかりに黒い甲虫《かぶとむし》がとまってその影《かげ》が大きく天井にうつっていたのです。赤ひげの人は、なにかなつかしそうにわらいながら、ジョバンニやカムパネルラのようすを見ていました。汽車はもうだんだん早くなって、すすきと川と、かわるがわる窓の外から光りました。

赤ひげの人が、少しおずおずしながら、二人に訊《き》きました。

「あなた方は、どちらへ入《い》らっしゃるんですか。」

「どこまでも行くんです。」ジョバンニは、少しきまり悪《わる》そうに答えました。

「それはいいね。この汽車は、じっさい、どこまででも行きますぜ。」

「あなたはどこへ行くんです。」カムパネルラが、いきなり、喧嘩《けんか》のようにたずねましたので、ジョバンニは、思わずわらいました。すると、向《むこ》うの席《せき》に居《い》た、尖《とが》った帽子《ぼうし》をかぶり、大きな鍵《かぎ》を腰《こし》に下げた人も、ちらっとこっちを見てわらいましたので、カムパネルラも、つい顔を赤くして笑いだしてしまいました。ところがその人は別《べつ》に怒《おこ》ったでもなく、頰《ほお》をぴくぴくしながら返事《へんじ》しました。

「わっしはすぐそこで降《お》ります。わっしは、鳥をつかまえる商売《しょうばい》でね。」

「何鳥ですか。」

「鶴《つる》や雁《がん》です。さぎも白鳥《はくちょう》もです。」

「鶴はたくさんいますか。」

「居《い》ますとも、さっきから鳴いてまさあ。聞かなかったのですか。」

「いいえ。」

「いまでも聞えるじゃありませんか。そら、耳をすまして聴《き》いてごらんなさい。」

二人は眼《め》を挙《あ》げ、耳をすましました。ごとごと鳴る汽車のひびきと、すすきの風との間から、ころんころんと水の湧《わ》くような音が聞えて来るのでした。

「鶴、どうしてとるんですか。」

「鶴ですか、それとも鷺《さぎ》ですか。」

「鷺です。」ジョバンニは、どっちでもいいと思いながら答えました。

「そいつはな、雑作《ぞうさ》ない。さぎというものは、みんな天の川の砂《すな》が凝《こご》って、ぼおっとできるもんですからね、そして始終《しじゅう》川へ帰りますからね、川原で待《ま》っていて、鷺がみんな、脚《あし》をこういう風にして下りてくるとこを、そいつが地べたへつくかつかないうちに、ぴたっと押《おさ》えちまうんです。するともう鷺は、かたまって安心《あんしん》して死《し》んじまいます。あとはもう、わかり切ってまさあ。押《お》し葉《ば》にするだけです。」

「鷺を押し葉にするんですか。標本《ひょうほん》ですか。」

「標本じゃありません。みんなたべるじゃありませんか。」

「おかしいねえ。」カムパネルラが首をかしげました。

「おかしいも不審《ふしん》もありませんや。そら。」その男は立って、網棚《あみだな》から包《つつ》みをおろして、手ばやくくるくると解《と》きました。「さあ、ごらんなさい。

いまとって来たばかりです。」

「ほんとうに鷺だねえ。」二人は思わず叫びました。まっ白な、あのさっきの北の十字架《じゅうじか》のように光る鷺のからだが、十ばかり、少しひらべったくなって、黒い脚《あし》をちぢめて、浮彫《うきぼり》のようにならんでいたのです。

「眼《め》をつぶってるね。」カムパネルラは、指《ゆび》でそっと、鷺の三日月《みかづき》がたの白い瞑《つむ》った眼にさわりました。頭の上の槍《やり》のような白い毛もちゃんとついていました。

「ね、そうでしょう。」鳥捕《と》りは風呂敷《ふろしき》を重《かさ》ねて、またくるくると包んで紐《ひも》でくくりました。誰《だれ》がいったいここらで鷺なんぞ喰《た》べるだろうとジョバンニは思いながら訊《き》きました。

「鷺はおいしいんですか。」

「ええ、毎日注文《ちゅうもん》があります。しかし雁《がん》のほうが、もっと売れます。雁《がん》の方がずっと柄《がら》がいいし、第一《だいいち》手数がありませんからな。そら。」鳥捕りは、また別《べつ》のほうの包みを解きました。すると黄と青じろとまだらになって、なにかのあかりのようにひかる雁が、ちょうどさっきの鷺のように、くちばしを揃《そろ》えて、少し扁《ひら》べったくなって、ならんでいました。

「こっちはすぐ喰べられます。どうです、少しおあがりなさい。」鳥捕りは、黄いろの雁の足を、軽《かる》くひっぱりました。するとそれは、チョコレートででもできているように、すっときれいにはなれました。

「どうです。すこしたべてごらんなさい。」鳥捕《と》りは、それを二つにちぎってわたしました。ジョバンニは、ちょっと喰《た》べてみて、(なんだ、やっぱりこいつはお菓子《かし》だ。チョコレートよりも、もっとおいしいけれども、こんな雁が飛《と》んでいるもんか。この男は、どこかそこらの野原の菓子屋《かしや》だ。けれどもぼくは、このひとをばかにしながら、この人のお菓子をたべているのは、大へん気の毒《どく》だ。)とおもいながら、やっぱりぽくぽくそれをたべていました。

「も少しおあがりなさい。」鳥捕りがまた包《つつ》みを出しました。ジョバンニは、もっとたべたかったのですけれども、

「ええ、ありがとう。」と云《い》って遠慮《えんりょ》しましたら、鳥捕りは、こんどは向《むこ》うの席《せき》の、鍵《かぎ》をもった人に出しました。

「いや、商売《しょうばい》ものを貰《もら》っちゃすみませんな。」その人は、帽子《ぼうし》をとりました。

「いいえ、どういたしまして。どうです、今年の渡《わた》り鳥の景気《けいき》は。」

「いや、すてきなもんですよ。一昨日《おととい》の第二《だいに》限《げん》ころなんか、なぜ燈台《とうだい》の灯《ひ》を、規則《きそく》以外《がい》に間〔一字分空白〕させるかって、あっちからもこっちからも、電話で故障《こしょう》が来ましたが、なあに、こっちがやるんじゃなくて、渡り鳥どもが、まっ黒にかたまって、あかしの前を通るのですから仕方《しかた》ありませんや。わたしゃ、べらぼうめ、そんな苦情《くじょう》は、おれのとこへ持《も》って来たって仕方がねえや、ばさばさのマントを着《き》て脚《あし》と口との途方《とほう》もなく細い大将《たいしょう》へやれって、斯《こ》う云《い》ってやりましたがね、はっは。」

すすきがなくなったために、向うの野原から、ぱっとあかりが射《さ》して来ました。

「鷺《さぎ》のほうはなぜ手数なんですか。」カムパネルラは、さっきから、訊《き》こうと思っていたのです。

「それはね、鷺を喰《た》べるには、」鳥捕りは、こっちに向《む》き直りました。「天の川の水あかりに、十日もつるしておくかね、そうでなけぁ、砂《すな》に三、四日うずめなけぁいけないんだ。そうすると、水銀《すいぎん》がみんな蒸発《じょうはつ》して、喰べられるようになるよ。」

「こいつは鳥じゃない。ただのお菓子《かし》でしょう。」やっぱりおなじことを考えていたとみえて、カムパネルラが、思い切ったというように、尋《たず》ねました、鳥捕《と》りは、何か大へんあわてた風で、

「そうそう、ここで降《お》りなけぁ。」と云いながら、立って荷物《にもつ》をとったと思うと、もう見えなくなっていました。

「どこへ行ったんだろう。」二人は顔を見合せましたら、燈台守《とうだいもり》は、にやにや笑《わら》って、少し伸《の》びあがるようにしながら、二人の横《よこ》の窓《まど》の外をのぞきました。二人もそっちを見ましたら、たったいまの鳥捕りが、黄いろと青

じろの、うつくしい燐光《りんこう》を出す、いちめんのかわらははこぐさの上に立って、まじめな顔をして両手《りょうて》をひろげて、じっとそらを見ていたのです。

「あすこへ行ってる。ずいぶん奇《き》体《たい》だねえ。きっとまた鳥をつかまえるとこだねえ。汽車が走って行かないうちに、早く鳥がおりるといいな。」と云った途《と》端《たん》、がらんとした桔梗《ききょう》いろの空から、さっき見たような鷺《さぎ》が、まるで雪の降《ふ》るように、ぎゃあぎゃあ叫《さけ》びながら、いっぱいに舞《ま》いおりて来ました。するとあの鳥捕りは、すっかり注文通《ちゅうもんどお》りだというようにほくほくして、両足をかっきり六十度《ど》に開いて立って、鷺のちぢめて降りて来る黒い脚《あし》を両手で片《かた》っ端《ぱし》から押《おさ》えて、布《ぬの》の袋《ふくろ》の中に入れるのでした。すると鷺は、蛍《ほたる》のように、袋の中でしばらく、青くぺかぺか光ったり消《き》えたりしていましたが、おしまいとうとう、みんなぼんやり白くなって、眼《め》をつぶるのでした。ところが、つかまえられる鳥よりは、つかまえられないで無事《ぶじ》に天の川の砂《すな》の上に降《お》りるもののほうが多かったのです。それは見ていると、足が砂へつくや否《いな》や、まるで雪の融《と》けるように、縮《ちぢ》まって扁《ひら》べったくなって、間もなく熔鉱炉《ようこうろ》から出た銅《どう》の汁《しる》のように、砂や砂利《じゃり》の上にひろがり、しばらくは鳥の形が、砂についているのでしたが、それも二、三度明るくなったり暗《くら》くなったりしているうちに、もうすっかりまわりと同じいろになってしまうのでした。

鳥捕りは二十疋《ぴき》ばかり、袋に入れてしまうと、急《きゅう》に両手をあげて、兵隊《へいたい》が鉄砲弾《てっぽうだま》にあたって、死《し》ぬときのような形をしました。と思ったら、もうそこに鳥捕りの形はなくなって、却《かえ》って、

「ああせいせいした。どうもからだに恰度《ちょうど》合うほど稼《かせ》いでいるくらい、いいことはありませんな。」というききおぼえのある声が、ジョバンニの隣《となり》にしました。見ると鳥捕《と》りは、もうそこでとって来た鷺《さぎ》を、きちんとそろえて、一つずつ重《かさ》ね直しているのでした。

「どうしてあすこから、いっぺんにここへ来たんですか。」ジョバンニが、なんだかあたりまえのような、あたりまえでないような、おかしな気がして問《と》いました。

「どうしてって、来ようとしたから来たんです。ぜんたいあなた方は、どちらからおいでですか。」

ジョバンニは、すぐ返事《へんじ》をしようと思いましたけれども、さあ、ぜんたいどこから来たのか、もうどうしても考えつきませんでした。カムパネルラも、頰《ほお》をまっ赤にして何か思い出そうとしているのでした。

「ああ、遠くからですね。」鳥捕りは、わかったというように雑作《ぞうさ》なくうなずきました。

九　ジョバンニの切符《きっぷ》

「もうここらは白鳥区《はくちょうく》のおしまいです。ごらんなさい。あれが名高いアルビレオ*の観測所《かんそくしょ》です。」

窓《まど》の外の、まるで花火でいっぱいのような、あまの川のまん中に、黒い大きな建物《たてもの》が四棟《とう》ばかり立って、その一つの平屋根《ひらやね》の上に、眼《め》もさめるような、青宝玉《サファイア》と黄玉《トパース》の大きな二つのすきとおった球《きゅう》が、輪《わ》になってしずかにくるくるとまわっていました。黄いろのがだんだん向《むこ》うへまわって行って、青い小さいのがこっちへ進《すす》んで来、間もなく二つのはじは、重《かさ》なり合って、きれいな緑《みどり》いろの両面凸《りょうめんとつ》レンズのかたちをつくり、それもだんだん、まん中がふくらみ出して、とうとう青いのは、すっかりトパースの正面《しょうめん》に来ましたので、緑の中心と黄いろな明るい環《わ》とができました。それがまただんだん横《よこ》へ外《そ》れて、前のレンズの形を逆《ぎゃく》に繰《く》り返《かえ》し、とうとうすっとはなれて、サファイアは向うへめぐり、黄いろのはこっちへ進み、また丁度《ちょうど》さっきのような風になりました。銀河《ぎんが》の、かたちもなく音もない水にかこまれて、ほんとうにその黒い測候所《そっこうしょ》が、睡《ねむ》っているように、しずかによこたわったのです。

「あれは、水の速《はや》さをはかる器械《きかい》です。水も……。」鳥捕《と》りが云《い》いかけたとき、

「切符《きっぷ》を拝見《はいけん》いたします。」三人の席《せき》の横《よこ》に、赤い帽子《ぼうし》をかぶったせいの

高い車掌《しゃしょう》が、いつかまっすぐに立っていて云いました。鳥捕りは、だまってかくしから、小さな紙きれを出しました。車掌はちょっと見て、すぐ眼《め》をそらして、（あなた方のは？）というように、指《ゆび》をうごかしながら、手をジョバンニたちの方へ出しました。

「さあ、」ジョバンニは困《こま》って、もじもじしていましたら、カムパネルラは、わけもないという風で、小さな鼠《ねずみ》いろの切符《きっぷ》を出しました。ジョバンニは、すっかりあわててしまって、もしか上着《うわぎ》のポケットにでも、入っていたかとおもいながら、手を入れてみましたら、何か大きな畳《たた》んだ紙きれにあたりました。こんなもの入っていたろうかと思って、急《いそ》いで出してみましたら、それは四つに折《お》ったはがきぐらいの大さの緑《みどり》いろの紙でした。車掌が手を出しているもんですから何でも構《かま》わない、やっちまえと思って渡《わた》しましたら、車掌はまっすぐに立ち直って叮寧《ていねい》にそれを開いて見ていました。そして読みながら上着《うわぎ》のぼたんやなんかしきりに直したりしていましたし燈台看守《とうだいかんしゅ》も下からそれを熱心《ねっしん》にのぞいていましたから、ジョバンニはたしかにあれは証明書《しょうめいしょ》か何かだったと考えて少し胸《むね》が熱《あつ》くなるような気がしました。

「これは三次空間《さんじくうかん》*のほうからお持《も》ちになったのですか。」車掌がたずねました。

「何だかわかりません。」もう大丈夫《だいじょうぶ》だと安心《あんしん》しながらジョバンニはそっちを見あげてくつくつ笑《わら》いました。

「よろしゅうございます。南十字《サウザンクロス》*へ着《つ》きますのは、次《つぎ》の第《だい》三時ころになります。」車掌は紙をジョバンニに渡して向うへ行きました。

カムパネルラは、その紙切れが何だったか待《ま》ち兼《か》ねたというように急いでのぞきこみました。ジョバンニも全《まった》く早く見たかったのです。ところがそれはいちめん黒い唐草《からくさ》のような模様《もよう》の中に、おかしな十ばかりの字*を印《いん》刷《さつ》したものでだまって見ていると何だかその中へ吸《す》い込《こ》まれてしまうような気がするのでした。すると鳥捕《と》りが横《よこ》からちらっとそれを見てあわてたように云《い》いました。

「おや、こいつは大したもんですぜ。こいつはもう、ほんとうの天上へさえ行ける切符《きっぷ》だ。天上どこじゃない、どこでも勝手《かって》にあるける通行券《つうこうけん》です。こいつをお持《も》ちになれぁ、なるほど、こんな不完全《ふかんぜん》な幻想第四次《げんそうだいよんじ》*の銀河鉄《ぎんがてつ》道《どう》なんか、どこまでも行けるはずでさあ、あなた方大したもんですね。」

「何だかわかりません。」ジョバンニが赤くなって答えながらそれをまた畳《たた》んでかくしに入れました。そしてきまりが悪《わる》いのでカムパネルラと二人、また窓《まど》の外をながめていましたが、その鳥捕りの時々大したもんだというようにちらちらこっちを見ているのがぼんやりわかりました。

「もうじき鷲《わし》の停車場《ていしゃじょう》だよ。」カムパネルラが向《むこ》う岸《ぎし》の、三つならんだ小さな青じろい三角標《さんかくひょう》と地図《ちず》とを見較《みくら》べて云《い》いました。

ジョバンニはなんだかわけもわからずににわかにとなりの鳥捕りが気の毒《どく》でたまらなくなりました。鷺《さぎ》をつかまえてせいせいしたとよろこんだり、白いきれでそれをくるくる包《つつ》んだり、ひとの切符《きっぷ》をびっくりしたように横《よこ》目《め》で見てあわててほめだしたり、そんなことを一々考えていると、もうその見ず知らずの鳥捕りのために、ジョバンニの持っているものでも食べるものでもなんでもやってしまいたい、もうこの人のほんとうの幸《しあわせ》になるなら自分があの光る天の川の河原《かわら》に立って百年つづけて立って鳥をとってやってもいいというような気がして、どうしてももう黙《だま》っていられなくなりました。ほんとうにあなたのほしいものは一体何ですか、と訊《き》こうとして、それではあんまり出し抜《ぬ》けだから、どうしょうかと考えて振《ふ》り返《かえ》って見ましたら、そこにはもうあの鳥捕りが居《い》ませんでした。網棚《あみだな》の上には白い荷物《にもつ》も見えなかったのです。また窓の外で足をふんばってそらを見上げて鷺を捕る支度《したく》をしているのかと思って、急《いそ》いでそっちを見ましたが、外はいちめんのうつくしい砂子《すなご》と白いすすきの波《なみ》ばかり、あの鳥捕りの広いせなかも尖《とが》った帽子《ぼうし》も見えませんでした。

「あの人どこへ行ったろう。」カムパネルラもぼんやりそう云《い》っていました。

「どこへ行ったろう。一体どこでまたあうのだろう。僕《ぼく》はどうしても少しあの人に物《もの》を言わなかったろう。」

「ああ、僕もそう思っているよ。」

「僕はあの人が邪魔《じゃま》なような気がしたんだ。だから僕は大へんつらい。」

ジョバンニはこんな変《へん》てこな気もちは、ほんとうにはじめてだし、こんなこと今まで云ったこともないと思いました。

「何だか苹果《りんご》の匂《におい》がする。僕いま苹果のことを考えたためだろうか。」カムパネルラが不思議《ふしぎ》そうにあたりを見まわしました。

「ほんとうに苹果の匂だよ。それから野茨《のいばら》の匂もする。」ジョバンニもそこらを見ましたがやっぱりそれは窓からでも入って来るらしいのでした。いま秋だから野茨の花の匂のするはずはないとジョバンニは思いました。

そしたら俄《にわ》かにそこに、つやつやした黒い髪《かみ》の六つばかりの男の子が赤いジャケツのぼたんもかけずひどくびっくりしたような顔をしてがたがたふるえてはだしで立っていました。隣《とな》りには黒い洋服《ようふく》をきちんと着《き》たせいの高い青年が一ぱいに風に吹《ふ》かれているけやきの木のような姿勢《しせい》で、男の子の手をしっかりひいて立っていました。

「あら、ここどこでしょう。まあ、きれいだわ。」青年のうしろにもひとり十二ばかりの眼《め》の茶いろな可愛《かわい》らしい女の子が黒い外套《がいとう》を着て青年の腕《うで》にすがって不思議そうに窓の外を見ているのでした。

「ああ、ここはランカシャイヤだ。＊いや、コンネクテカット州＊だ。いや、ああ、ぼくたちはそらへ来たのだ。わたしたちは天へ行くのです。ごらんなさい。あのしるしは天上のしるしです。もうなんにもこわいことありません。わたくしたちは神《かみ》さまに召《め》されているのです。」黒服の青年はよろこびにかがやいてその女の子に云《い》いました。けれどもなぜかまた額《ひたい》に深《ふか》く皺《しわ》を刻《きざ》んで、それに大へんつかれているらしく、無理《むり》に笑《わら》いながら男の子をジョバンニのとなりに座《すわ》らせました。

それから女の子にやさしくカムパネルラのとなりの席《せき》を指《ゆび》さしました。女の子はすなおにそこへ座って、きちんと両手《りょうて》を組み合せました。

「ぼくおおねえさんのとこへ行くんだよう。」腰掛《こしか》けたばかりの男の子は顔を変《へん》にして燈台看守《とうだいかんしゅ》の向《むこ》うの席に座《すわ》ったばかりの青年に云いました。青年は何とも云えず悲《かな》しそうな顔をして、じっとその子の、ちぢれたぬれた頭を見ました。女の子は、いきなり両手を顔にあてててしくしく泣《な》いてしまいました。

「お父さんやきくよねえさんはまだいろいろお仕事《しごと》があるのです。けれどももうすぐあとからいらっしゃいます。それよりも、おっかさんはどんなに永《なが》く待《ま》っていらっしゃったでしょう。わたしの大事《だいじ》なタダシはいまどんな歌をうたっているだろう、雪の降《ふ》る朝にみんなと手をつないでぐるぐるにわとこのやぶをまわってあそんでいるだろうかと考えたりほんとうに待って心配《しんぱい》していらっしゃるんですから、早く行っておっかさんにお目にかかりましょうね。」

「うん、だけど僕《ぼく》、船に乗《の》らなけぁよかったなあ。」

「ええ、けれど、ごらんなさい、そら、どうです、あの立派《りっぱ》な川、ね、あすこはあの夏中、ツインクル、ツインクル、リトル、スター＊をうたってやすむとき、いつも窓《まど》からぼんやり白く見えていたでしょう。あすこですよ。ね、きれいでしょう、あんなに光っています。」

泣いていた姉もハンケチで眼をふいて外を見ました。青年は教えるようにそっと姉弟にまた云いました。

「わたしたちはもうなんにもかなしいことないのです。わたしたちはこんないいとこを旅《たび》して、じき神《かみ》さまのとこへ行きます。そこならもうほんとうに明るくて匂《におい》がよくて立派な人たちでいっぱいです。そしてわたしたちの代《かわ》りにボートへ乗《の》れた人たちは、きっとみんな助《たす》けられて、心配して待っているめいめいのお父さんやお母さんや自分のお家へやら行くのです。さあ、もうじきですから元気を出しておもしろくうたって行きましょう。」青年は男の子のぬれたような黒い髪《かみ》をなで、みんなを慰《なぐさ》めながら、自分もだんだん顔いろがかがやいて来ました。

「あなた方はどちらからいらっしゃったのですか。どうなすったのですか。」さっきの燈台看守がやっと少しわかったように青年にたずねました。

青年はかすかにわらいました。

「いえ、氷山《ひょうざん》にぶっつかって船が沈《しず》みましてね、＊わたしたちはこちらのお父さんが急《きゅう》な用で二ヶ月前一足さきに本国へお帰りになったのであとから発《た》ったのです。私は大学へはいっていて、家庭教師《かていきょうし》にやとわれていたのです。ところがちょうど十二日目、今日《きょう》か昨日《きのう》のあたりです、船が氷山にぶっつかって一ぺんに傾《かたむ》きもう沈みかけました。月のあかりはどこかぼんやりありましたが、霧《きり》が非常《ひじょう》に深《ふか》かったのです。ところがボートは左舷《さげん》の方半分はもうだめになっていましたから、とてもみんなは乗《の》り切《き》らないのです。もうそのうちにも船は沈みますし、私は必死《ひっし》となって、どうか小さな人たちを乗せて下さいと叫《さけ》びました。近くの人たちはすぐみちを開いてそして子供《こども》たちのために祈《いの》ってくれました。けれどもそこからボートまでのところにはまだまだ小さな子どもたちや親たちやなんか居《い》て、とても押《お》しのける勇気《ゆうき》がなかったのです。それでもわたくしはどうしてもこの方たちをお助《たす》けするのが私の義務《ぎむ》だと思いましたから前にいる子供らを押しのけようとしました。けれどもまたそんなにして助けてあげるよりはこのまま神のお前にみんなで行くほうがほんとうにこの方たちの幸福《こうふく》だとも思いました。それからまたその神にそむく罪《つみ》はわたくしひとりでしょってぜひとも助けてあげようと思いました。けれどもどうして見ているとそれができないのでした。子どもらばかりボートの中へはなしてやってお母さんが狂気《きょうき》のようにキスを送《おく》りお父さんがかなしいのをじっとこらえてまっすぐに立っているなどとてももう腸《はらわた》もちぎれるようでした。そのうち船はもうずんずん沈みますから、私はもうすっかり覚悟《かくご》してこの人たち二人を抱《だ》いて、浮《うか》べるだけは浮ぼうとかたまって船の沈むのを待《ま》っていました。誰《だれ》が投《な》げたかライフヴイが一つ飛《と》んで来ましたけれども滑《すべ》ってずうっと向《むこ》う へ行ってしまいました。私は一生けん命《めい》で甲板《かんぱん》の格子《こうし》になったとこをはなして、三人それにしっかりとりつきました。どこからともなく〔約二字分空白〕番の声*があがりました。たちまちみんなはいろいろな国語で一ぺんにそれをうたいました。そのとき俄《にわ》かに大きな音がして私たちは水に落《お》ちました。

もう渦《うず》に入ったと思いながらしっかりこの人たちをだいてそれからぼうっとしたと思ったらもうここへ来ていたのです。この方たちのお母さんは一昨年《おととし》没《な》くなられました。ええボートはきっと助《たす》かったにちがいありません、何せよほど熟練《じゅくれん》な水夫《すいふ》たちが漕《こ》いですばやく船からはなれていましたから。」

そこらから小さな嘆息《たんそく》やいのりの声が聞えジョバンニもカムパネルラもいままで忘《わす》れていたいろいろのことをぼんやり思い出して眼《め》が熱《あつ》くなりました。

（ああ、その大きな海はパシフィック＊というのではなかったろうか。その氷山《ひょうざん》の流《なが》れる北のはての海で、小さな船に乗《の》って、風や凍《こお》りつく潮水《しおみず》や、烈《はげ》しい寒《さむ》さとたたかって、たれかが一生けんめいはたらいている。ぼくはそのひとにほんとうに気の毒《どく》でそしてすまないような気がする。ぼくはそのひとのさいわいのためにいったいどうしたらいいのだろう。）ジョバンニは首を垂《た》れて、すっかりふさぎ込《こ》んでしまいました。

「なにがしあわせかわからないです。ほんとうにどんなつらいことでもそれがただしいみちを進《すす》む中でのできごとなら峠《とうげ》の上りも下りもみんなほんとうの幸福《こうふく》に近づく一あしずつですから。」

燈台守《とうだいもり》がなぐさめていました。

「ああそうです。ただいちばんのさいわいに至《いた》るためにいろいろのかなしみもみんなおぼしめしです。」青年が祈《いの》るようにそう答えました。

そしてあの姉弟はもうつかれてめいめいぐったり席《せき》によりかかって睡《ねむ》っていました。さっきのあのはだしだった足にはいつか白い柔《やわ》らかな靴《くつ》をはいていたのです。

ごとごとごとごと汽車はきらびやかな燐光《りんこう》の川の岸《きし》を進みました。向《むこ》うの方の窓《まど》を見ると、野原はまるで幻燈《げんとう》のようでした。百も千もの大小さまざまの三角標《さんかくひょう》、その大きなものの上には赤い点々をうった測量旗《そくりょうき》も見え、野原のはてはそれらがいちめん、たくさんたくさん集《あつま》ってぼおっと青白い霧《きり》のよう、そこからかまたはもっと向うからかときどきさまざまの形のぼんやりした狼煙《のろし》のようなものが、かわるがわるきれいな桔梗《ききょう》いろのそらにうちあげられるのでした。じつにそのすきとおった奇麗《きれい》な風は、ばらの匂《におい》でいっぱいでした。

「いかがですか。こういう苹果《りんご》はおはじめてでしょう。」向《むこ》うの席《せき》の燈台《とうだい》看守《かんしゅ》がいつか黄金と紅《べに》でうつくしくいろどられた大きな苹果を落《おと》さないように両手《りょうて》で膝《ひざ》の上にかかえていました。

「おや、どっから来たのですか。立派《りっぱ》ですねえ。ここらではこんな苹果ができるのですか。」青年はほんとうにびっくりしたらしく燈台看守の両手にかかえられた一もりの苹果を眼《め》を細くしたり首をまげたりしながらわれを忘《わす》れてながめていました。

「いや、まあおとり下さい。どうか、まあおとり下さい。」青年は一つとってジョバンニたちの方をちょっと見ました。「さあ、向うの坊《ぼっ》ちゃんがた。いかがですか。おとり下さい。」ジョバンニは坊ちゃんといわれたのですこししゃくにさわってだまっていましたがカムパネルラは「ありがとう、」と云《い》いました。すると青年は自分でとって一つずつ二人に送《おく》ってよこしましたのでジョバンニも立ってありがとうと云いました。

燈台看守はやっと両腕《りょううで》があいたのでこんどは自分で一つずつ睡《ねむ》っている姉弟の膝《ひざ》にそっと置《お》きました。

「どうもありがとう。どこでできるのですか。こんな立派な苹果《りんご》は。」

青年はつくづく見ながら云いました。

「この辺《へん》ではもちろん農業《のうぎょう》はいたしますけれども大ていひとりでにいいものができるような約束《やくそく》になっております。農業だってそんなに骨《ほね》は折《お》れはしません。たいてい自分の望《のぞ》む種子《たね》さえ播《ま》けばひとりでにどんどんできます。米だってパシフィック辺《へん》のように殻《から》もないし十倍《ばい》も大きくて匂《におい》もいいのです。けれどもあなたがたのいらっしゃる方なら農業はもうありません。苹果だってお菓子《かし》だってかすが少しもありませんからみんなそのひとそのひとによってちがったわずかのいいかおりになって毛あなからちらけてしまうのです。」

にわかに男の子がぱっちり眼をあいて云いました。「ああぼくいまお母さんの夢《ゆめ》をみていたよ。お母さんがね立派な戸棚《とだな》や本のあるとこに居《い》てね、ぼくの方を見て手をだしてにこにこにこにこわらったよ。ぼくおっかさん。りんごをひろってきてあげましょうか云《い》ったら眼がさめちゃった。ああここさっきの汽車のなかだねえ。」

「その苹果がそこにあります。このおじさんにいただいたのですよ。」青年が云いました。「ありがとうおじさん。おや、かおるねえさんまだねてるねえ、ぼくおこしてやろう。ねえさん。ごらん、りんごをもらったよ。おきてごらん。」姉はわらって眼《め》をさましまぶしそうに両手《りょうて》を眼にあててそれから苹果を見ました。男の子はまるでパイを喰《た》べるようにもうそれを喰べていました、また折角剝《せっかくむ》いたそのきれいな皮《かわ》も、くるくるコルク抜《ぬ》きのような形になって床《ゆか》へ落《お》ちるまでの間にはすうっと、灰《はい》いろに光って蒸《じょう》発《はっ》してしまうのでした。

二人はりんごを大切にポケットにしまいました。

川下《かわしも》の向《むこ》う岸《ぎし》に青く茂《しげ》った大きな林が見え、その枝《えだ》には熟《じゅく》してまっ赤に光る円《まる》い実《み》がいっぱい、その林のまん中に高い高い三角標《さんかくひょう》が立って、森の中からはオーケストラベルやジロフォン*にまじって何とも云えずきれいな音《ね》いろが、とけるように浸《し》みるように風につれて流《なが》れて来るのでした。

青年はぞくっとしてからだをふるうようにしました。

だまってその譜《ふ》を聞いていると、そこらにいちめん黄いろやうすい緑《みどり》の明るい野原か敷物《しきもの》かがひろがり、またまっ白な蠟《ろう》のような露《つゆ》が太陽《たいよう》の面《めん》を擦《かす》めて行くように思われました。

「まあ、あの烏《からす》。」カムパネルラのとなりのかおると呼《よ》ばれた女の子が叫《さけ》びました。

「からすでない。みんなかささぎだ。*」カムパネルラがまた何気《なにげ》なく叱《しか》るように叫びましたので、ジョバンニはまた思わず笑《わら》い、女の子はきまり悪《わる》そうにしました。まったく河原《かわら》の青じろいあかりの上に、黒い鳥がたくさんたくさんいっぱいに列《れつ》になってとまってじっと川の微光《びこう》を受《う》けているのでした。

「かささぎですねえ、頭のうしろのとこに毛がぴんと延《の》びてますから。」

青年はとりなすように云いました。

向うの青い森の中の三角標はすっかり汽車の正面に来ました。そのとき汽車のずうっとうしろの方から、あの聞きなれた〔約二字分空白〕番の讃《さん》美歌《びか》のふしが聞えてきました。よほどの人数で合唱《がっしょう》しているらしいのでした。青年はさっと顔いろが青ざめ、たって一ぺんそっちへ行きそうにしましたが思いかえしてまた座《すわ》りました。かおる子はハンケチを顔にあててしまいました。ジョバンニまで何だか鼻《はな》が変《へん》になりました。けれどもいつともなく誰《だれ》ともなくその歌は歌い出されだんだんはっきり強くなりました。思わずジョバンニもカムパネルラも一緒《いっしょ》にうたい出したのです。

そして青い橄欖《かんらん》の森が見えない天の川の向うにさめざめと光りながらだんだんうしろの方へ行ってしまいそこから流《なが》れて来るあやしい楽器《がっき》の音ももう汽車のひびきや風の音にすり耗《へ》らされてずうっとかすかになりました。

「あ孔雀《くじやく》＊が居《い》るよ。」

「ええたくさん居たわ。」女の子がこたえました。

ジョバンニはその小さく小さくなっていまはもう一つの緑《みどり》いろの貝ぼたんのように見える森の上にさっさっと青じろく時々光ってその孔雀がはねをひろげたりとじたりする光の反射《はんしゃ》を見ました。

「そうだ、孔雀の声だってさっき聞えた。」カムパネルラがかおる子に云いました。

「ええ、三十疋《ぴき》ぐらいはたしかに居たわ。ハープのように聞えたのはみんな孔雀よ。」女の子が答えました。ジョバンニは俄《にわ》かに何とも云えずかなしい気がして思わず「カムパネルラ、ここからはねおりて遊《あそ》んで行こうよ。」とこわい顔をして云おうとしたくらいでした。

（カムパネルラ、僕《ぼく》もう行っちまうぞ。僕なんか鯨《くじら》だって見たことないや。）ジョバンニはまるでたまらないほどいらいらしながらそれでも堅《かた》く唇《くちびる》を噛《か》んでこらえて窓《まど》の外を見ていました。その窓の外には海豚《いるか》のかたちもう見えなくなって川は二つにわかれました。そのまっくらな島《しま》のまん中に高い高いやぐらが一つ組まれてその上に一人の寛《ゆる》い服《ふく》を着《き》て赤い帽《ぼう》子《し》をかぶった男が立っていました。そして両手《りょうて》に赤と青の旗《はた》をもってそらを見上げて信号《しんごう》しているのでした。ジョバンニが見ている間その人はしきりに赤い旗をふっていましたが俄《にわ》かに赤旗をおろしてうしろにかくすようにし青い旗を高く高くあげてまるでオーケストラの指揮者《しきしゃ》のように烈《はげ》しく振《ふ》りました。すると空中にざあっと雨のような音がして何かまっくらなものがいくかたまりもいくかたまりも鉄砲丸《てっぽうだま》のように川の向《むこ》うの方へ飛《と》んで行くのでした。ジョバンニは思わず窓《まど》からからだを半分出してそっちを見あげました。美《うつく》しい美しい桔梗《ききょう》いろのがらんとした空の下を実《じつ》に何万という小さな鳥どもが幾組《いくくみ》も幾組もめいめいせわしくせわしく鳴いて通って行くのでした。「鳥が飛んで行くな。」ジョバンニが窓の外で云《い》いました。

「どら、」カムパネルラもそらを見ました。そのときあのやぐらの上のゆるい服《ふく》の男は俄《にわ》かに赤い旗をあげて狂気《きょうき》のようにふりうごかしました。するとぴたっと鳥の群《むれ》は通らなくなりそれと同時にぴしゃぁんという潰《つぶ》れたような音が川下の方で起《おこ》ってそれからしばらくしいんとしました。と思ったらあの赤帽《あかぼう》の信号手《しんごうしゅ》がまた青い旗をふって叫《さけ》んでいたのです。「いまこそわたれわたり鳥、いまこそわたれわたり鳥。」その声もはっきり聞えました。それといっしょにまた幾万という鳥の群がそらをまっすぐにかけたのです。二人の顔を出しているまん中の窓からあの女の子が顔を出して美しい頬《ほお》をかがやかせながらそらを仰《あお》ぎました。「まあ、この鳥、たくさんですわねえ、あらまあそらのきれいなこと。」女の子はジョバンニにはなしかけましたけれどもジョバンニは生意気《なまいき》ないやだいと思いながらだまって口をむすんでそらを見あげていました。女の子は小さくほっと息《いき》をしてだまって席《せき》へ戻《もど》りました。カムパネルラが気の毒《どく》そうに窓から顔を引っ込《こ》めて地図を見ていました。

「あの人鳥へ教えてるんでしょうか。」女の子がそっとカムパネルラにたずねました。「わたり鳥へ信号してるんです。きっとどこからかのろしがあがるためでしょう。」カムパネルラが少しおぼつかなそうに答えました。

そして車の中はしぃんとなりました。ジョバンニはもう頭を引っ込めたかったのですけれども明るいとこへ顔を出すのがつらかったのでだまってこらえてそのまま立って口笛《くちぶえ》を吹《ふ》いていました。

（どうして僕《ぼく》はこんなにかなしいのだろう。僕はもっとこころもちをきれいに大きくもたなければいけない。あすこの岸《きし》のずうっと向うにまるでけむりのような小さな青い火が見える。あれはほんとうにしずかでつめたい。僕はあれをよく見てこころもちをしずめるんだ。）ジョバンニは熱《ほて》って痛《いた》いあたまを両手で押《おさ》えるようにしてそっちの方を見ました。（ああほんとうにどこまでもどこまでも僕といっしょに行くひとはないだろうか。カムパネルラだってあんな女の子とおもしろそうに談《はな》しているし僕はほんとうにつらいなあ。）ジョバンニの眼《め》はまた泪《なみだ》でいっぱいになり天の川もまるで遠くへ行ったようにぼんやり白く見えるだけでした。

そのとき汽車はだんだん川からはなれて崖《がけ》の上を通るようになりました。

向《む》う岸《ぎし》もまた黒いいろの崖が川の岸を下流《かりゅう》に下るにしたがってだんだん高くなって行くのでした。そしてちらっと大きなとうもろこしの木を見ました。その葉《は》はぐるぐるに縮《ちぢ》れ葉の下にはもう美《うつく》しい緑《みどり》いろの大きな苞《ほう》が赤い毛を吐《は》いて真珠《しんじゅ》のような実《み》もちらっと見えたのでした。それはだんだん数を増《ま》して来てもういまは列《れつ》のように崖と線路《せんろ》との間にならび思わずジョバンニが窓から顔を引っ込《こ》めて向う側《がわ》の窓《まど》を見ましたときは美しいそらの野原の地平線《ちへいせん》のはてまでその大きなとうもろこしの木がほとんどいちめんに植《う》えられてさやさや風にゆらぎその立派《りっぱ》なちぢれた葉のさきからはまるでひるの間にいっぱい日光を吸《す》った金剛石《こんごうせき》のように露《つゆ》がいっぱいについて赤や緑やきらきら燃《も》えて光っているのでした。カムパネルラが「あれとうもろこしだねえ。」とジョバンニに云《い》いましたけれどもジョバンニはどうしても気持《きもち》がなおりませんでしたからただぶっきら棒《ぼう》に野原を見たまま「そうだろう。」と答えました。そのとき汽車はだんだんしずかになっていくつかのシグナルとてんてつ器《き》の灯《ひ》を過《す》ぎ小さな停車場《ていしゃじょう》にとまりました。

その正面《しょうめん》の青じろい時計はかっきり第《だい》二時を示《しめ》しその振子《ふりこ》は風もなくなり汽車もうごかずしずかなしずかな野原のなかにカチッカチッと正しく時を刻《きざ》んで行くのでした。

そしてそのころなら汽車は新世界交響楽《しんせかいこうきょうがく》*のように鳴りました。車の中ではあの黒服《くろふく》の丈《たけ》高い青年も誰《だれ》もみんなやさしい夢《ゆめ》を見ているのでした。

（こんなしずかないいとこで僕はどうしてもっと愉快《ゆかい》になれないだろう。どうしてこんなにひとりさびしいのだろう。けれどもカムパネルラなんかあんまりひどい、僕といっしょに汽車に乗《の》っていながらまるであんな女の子とばかり談《はな》しているんだもの。僕はほんとうにつらい。）ジョバンニはまた両手で顔を半分かくすようにして向うの窓のそとを見つめていました。すきとおった硝子《ガラス》のような笛《ふえ》が鳴って汽車はしずかに動きだしカムパネルラもさびしそうに星めぐりの口笛を吹《ふ》きました。

「ええ、ええ、もうこの辺《へん》はひどい高原ですから。」うしろの方で誰《だれ》かとしよりらしい人のいま眼《め》がさめたという風ではきはき談《はな》している声がしました。「とうもろこしだって棒《ぼう》で二尺《しゃく》*も孔《あな》をあけておいてそこへ播《ま》かないと生えないんです。」

「そうですか。川まではよほどありましょうかねえ。」「ええええ河《かわ》まではニ千尺から六千尺あります。もうまるでひどい峡谷《きょうこく》になっているんです。」

そうそうここはコロラドの高原*じゃなかったろうか、ジョバンニは思わずそう思いました。向うではあの一ばんの姉が小さな妹を自分の胸《むね》によりかからせて睡《ねむ》らせながら黒い瞳《ひとみ》をうっとりと遠くへ投《な》げて何を見るでもなしに考え込《こ》んでいるのでしたしカムパネルラはまださびしそうにひとり口笛《くちぶえ》を吹《ふ》き二番目の女の子はまるで絹《きぬ》で包《つつ》んだ苹果《りんご》のような顔いろをしてジョバンニの見る方を見ているのでした。突然《とつぜん》とうもろこしがなくなって巨《おお》きな黒い野原がいっぱいにひらけました。新世界交響楽《しんせかいこうきょうがく》はいよいよはっきり地平線《ちへいせん》のはてから湧《わ》きそのまっ黒な野原のなかを一人のインデアン*が白い鳥の羽根《はね》を頭につけたくさんの石を腕《うで》と胸にかざり小さな弓に矢を番《つが》えて一目散《いちもくさん》に汽車を追《お》って来るのでした。「あら、インデアンですよ。インデアンですよ。おねえさまごらんなさい。」黒服《くろふく》の青年も眼をさましました。ジョバンニもカムパネルラも立ちあがりました。「走って来るわ、あら、走って来るわ。追いかけているんでしょう。」「いいえ、汽車を追ってるんじゃないんですよ。猟《りょう》をするか踊《おど》るかしてるんですよ。」青年はいまどこに居《い》るか忘《わす》れたという風にポケットに手を入れて立ちながら云《い》いました。まったくインデアンは半分は踊っているようでした。第一《だいいち》かけるにしても足のふみようがもっと経済《けいざい》もとれ本気にもなれそうでした。にわかにくっきり白いその羽根は前の方へ倒《たお》れるようになりインデアンはぴたっと立ちどまってすばやく弓を空にひきました。そこから一羽の鶴《つる》がふらふらと落《お》ちて来てまた走り出したインデアンの大きくひろげた両手に落ちこみました。インデアンはうれしそうに立ってわらいました。そしてその鶴をもってこっちを見ている影《かげ》ももうどんどん小さく遠くなり電しんばしらの碍《がい》子《し》がきらっきらっと続《つづ》いて二つばかり光ってまたとうもろこしの林になってしまいました。こっち側《がわ》の窓《まど》を見ますと汽車はほんとうに高い高い崖《がけ》の上を走っていてその谷の底《そこ》には川がやっぱり幅《はば》ひろく明るく流《なが》れていたのです。

「ええ、もうこの辺《へん》から下りです。何せこんどは一ぺんにあの水面《すいめん》までおりて行くんですから容易《ようい》じゃありません。この傾斜《けいしゃ》があるもんですから汽車は決《けっ》して向《むこ》うからこっちへは来ないんです。そらもうだんだん早くなったでしょう。」さっきの老人《ろうじん》らしい声が云《い》いました。

どんどんどんどん汽車は降《お》りて行きました。崖のはじに鉄道《てつどう》がかかるときは川が明るく下にのぞけたのです。ジョバンニはだんだんこころもちが明るくなって来ました。汽車が小さな小屋《こや》の前を通ってその前にしょんぼりひとりの子供《こども》が立ってこっちを見ているときなどは思わずほうと叫《さけ》びました。

どんどんどんどん汽車は走って行きました。室中のひとたちは半分うしろの方へ倒《たお》れるようになりながら腰掛《こしかけ》にしっかりしがみついていました。ジョバンニは思わずカムパネルラとわらいました。もうそして天の川は汽車のすぐ横手《よこて》をいままでよほど激《はげ》しく流れて来たらしくときどきちらちら光ってながれているのでした。うすあかい河原《かわら》なでしこの花があちこち咲《さ》いていました。汽車はようやく落《お》ち着《つ》いたようにゆっくりと走っていました。

向うとこっちの岸《きし》に星のかたちとつるはしを書いた旗《はた》がたっていました。

「あれ何の旗《はた》だろうね。」ジョバンニがやっとものを云《い》いました。「さあ、わからないねえ、地図にもないんだもの。鉄《てつ》の舟《ふね》がおいてあるねえ。」「ああ。」「橋《はし》を架《か》けるとこじゃないんでしょうか。」女の子が云いました。「あああれ工兵《こうへい》の旗だねえ。架橋演習《かきょうえんしゅう》をしてるんだ。けれど兵隊《へいたい》のかたちが見えないねえ。」

その時向う岸ちかくの少し下流《かりゅう》の方で見えない天の川の水がぎらっと光って柱《はしら》のように高くはねあがりどぉと烈《はげ》しい音がしました。「発破《はっぱ》だよ、発破だよ。」カムパネルラはこおどりしました。

その柱のようになった水は見えなくなり大きな鮭《さけ》や鱒《ます》がきらっきらっと

白く腹《はら》を光らせて空中に抛《ほう》り出されて円《まる》い輪《わ》を描《えが》いてまた水に落《お》ちました。ジョバンニはもうはねあがりたいくらい気持《きもち》が軽《かる》くなって云《い》いました。

「空の工兵大隊《こうへいだいたい》だ。どうだ、鱒《ます》やなんかがまるでこんなになってはねあげられたねえ。僕《ぼく》こんな愉快《ゆかい》な旅《たび》はしたことない。いいねえ。」「あの鱒なら近くで見たらこれくらいあるねえ、たくさんさかな居《い》るんだな、この水の中に。」

「小さなお魚もいるんでしょうか。」女の子が談《はなし》につり込《こ》まれて云いました。「居るんでしょう。大きなのが居るんだから小さいのもいるんでしょう。けれど遠くだからいま小さいの見えなかったねえ。」ジョバンニはもうすっかり機嫌《きげん》が直って面白《おもしろ》そうにわらって女の子に答えました。

「あれきっと双子《ふたご》のお星さまのお宮《みや》だよ。」男の子がいきなり窓《まど》の外をさして叫《さけ》びました。

右手の低《ひく》い丘《おか》の上に小さな水晶《すいしょう》ででもこさえたような二つのお宮がならんで立っていました。

「双子のお星さまのお宮って何だい。」

「あたし前になんべんもお母さんから聴《き》いたわ。ちゃんと小さな水晶のお宮で二つならんでいるからきっとそうだわ。」

「はなしてごらん。双子のお星さまが何をしたっての。」

「ぼくも知ってらい。双子のお星さまが野原へ遊《あそ》びにでてからすと喧嘩《けんか》したんだろう。」「そうじゃないわよ。あのね、天の川の岸《きし》にね、おっかさんお話しなすったわ、……」「それから彗星《ほうきぼし》がギーギーフーギーギーフーて云《い》って来たねえ。」「いやだわたあちゃんそうじゃないわよ。それはべつのほうだわ。」「するとあすこにいま笛《ふえ》を吹《ふ》いているんだろうか。」「いま海へ行ってらあ。」「いけないわよ。もう海からあがっていらっしゃったのよ。」「そうそう。ぼく知ってらあ、ぼくおはなししよう。」

川の向《むこ》う岸が俄《にわ》かに赤くなりました。楊《やなぎ》の木や何かもまっ黒にすかし出され見えない天の川の波《なみ》もときどきちらちら針《はり》のように赤く光りました。

まったく向う岸の野原に大きなまっ赤な火が燃《も》されその黒いけむりは高く桔梗《ききょう》いろのつめたそうな天をも焦《こ》がしそうでした。ルビーよりも赤くすきとおりリチウム*よりもうつくしく酔《よ》ったようになってその火は燃えているのでした。「あれは何の火だろう。あんな赤く光る火は何を燃やせばできるんだろう。」ジョバンニが云いました。「蝎《さそり》*の火だな。」カムパネルラがまた地図と首っ引きして答えました。「あら、蝎の火のことならあたし知ってるわ。」

「蝎の火って何だい。」ジョバンニがききました。「蝎がやけて死《し》んだのよ。その火がいまでも燃えてるってあたし何べんもお父さんから聴《き》いたわ。」「蝎って、虫だろう。」「ええ、蝎は虫よ。だけどいい虫だわ。」「蝎いい虫じゃないよ。僕博物館《ぼくはくぶつかん》でアルコールにつけてあるの見た。尾《お》にこんなかぎがあってそれで螫《さ》されると死ぬって先生が云ったよ。」「そうよ。だけどいい虫だわ、お父さん斯《こ》う云ったのよ。むかしのバルドラの野原に一ぴきの蝎がいて小さな虫やなんか殺《ころ》してたべて生きていたんですって。するとある日いたちに見附《みつ》かって食べられそうになったんですって。さそりは一生けん命遁《めいに》げて遁げたけどとうとういたちに押《おさ》えられそうになったわ、そのときいきなり前に井戸《いど》があってその中に落《お》ちてしまったわ、もうどうしてもあがられないでさそりは溺《おぼ》れはじめたのよ。そのときさそりは斯う云ってお祈《いの》りしたというの、

ああ、わたしはいままでいくつのものの命《いのち》をとったかわからない、そしてその私がこんどいたちにとられようとしたときはあんなに一生けん命にげた。それでもとうとうこんなになってしまった。ああなんにもあてにならない。どうしてわたしはわたしのからだをだまっていたちに呉《く》れてやらなかったろう。そしたらいたちも一日生きのびたろうに。どうか神《かみ》さま。私の心をごらん下さい。こんなにむなしく命をすてずどうかこの次《つぎ》にはまことのみんなの幸《しあわせ》のために私のからだをおつかい下さい。って云ったというの。そしたらいつか蝎はじぶんのからだがまっ赤なうつくしい火になって燃えてよるのやみを照《て》らしているのを見たって。いまでも燃えてるって

お父さん仰《おつしや》ったわ。ほんとうにあの火それだわ。」

「そうだ。見たまえ。そこらの三角標《さんかくひよう》はちょうどさそりの形にならんでいるよ。」

ジョバンニはまったくその大きな火の向《むこ》うに三つの三角標がちょうどさそりの腕《うで》のようにこっちに五つの三角標がさそりの尾《お》やかぎのようにならんでいるのを見ました。そしてほんとうにそのまっ赤なうつくしいさそりの火は音なくあかるくあかるく燃《も》えたのです。

その火がだんだんうしろの方になるにつれてみんなは何とも云《い》えずにぎやかなさまざまの楽《がく》の音《ね》や草花の匂《におい》のようなもの口笛《くちぶえ》や人々のざわざわ云う声やらを聞きました。それはもうじきちかくに町か何かがあってそこにお祭《まつり》でもあるというような気がするのでした。

「ケンタウル露《つゆ》をふらせ。」いきなりいままで睡《ねむ》っていたジョバンニのとなりの男の子が向うの窓《まど》を見ながら叫《さけ》んでいました。

ああそこにはクリスマストリイのようにまっ青な唐檜《とうひ》かもみの木がたっ

てその中にはたくさんのたくさんの豆電燈《まめでんとう》がまるで千の蛍《ほたる》でも集《あつま》ったようについていました。

「ああ、そうだ、今夜ケンタウル祭だねえ。」「ああ、ここはケンタウルの村だよ。」カムパネルラがすぐ云いました。〔以下原稿一枚?なし〕

「ボール投《な》げなら僕《ぼく》決《けっ》してはずさない。」

男の子が大威《おおい》張《ば》りで云《い》いました。

「もうじきサウザンクロスです。おりる支《し》度《たく》をして下さい。」青年がみんなに云いました。

「僕も少し汽車へ乗《の》ってるんだよ。」男の子が云いました。カムパネルラのとなりの女の子はそわそわ立って支度をはじめましたけれどもやっぱりジョバンニたちとわかれたくないようなようすでした。

「ここでおりなけぁいけないのです。」青年はきちっと口を結《むす》んで男の子を見おろしながら云いました。「厭《いや》だい。僕もう少し汽車へ乗ってから行くんだい。」ジョバンニがこらえ兼《か》ねて云いました。「僕たちと一緒《いっしょ》に乗って行こう。僕たちどこまでだって行ける切符《きっぷ》持《も》ってるんだ。」「だけどあたしたちもうここで降りなけぁいけないのよ。ここ天上へ行くとこなんだから。」女の子がさびしそうに云いました。

「天上へなんか行かなくたっていいじゃないか。ぼくたちここで天上よりももっといいとこをこさえなけぁいけないって僕の先生が云ったよ。」「だっておっ母《か》さんも行ってらっしゃるしそれに神《かみ》さまが仰《お》っしゃるんだわ。」「そんな神さまうその神さまだい。」「あなたの神さまうその神さまよ。」「そうじゃないよ。」「あなたの神さまってどんな神さまですか。」青年は笑《わら》いながら云いました。「ぼくほんとうはよく知りません、けれどもそんなんでなしにほんとうのたった一人の神さまです。」「ほんとうの神さまはもちろんたった一人です。」「ああ、そんなんでなしにたったひとりのほんとうのほんとうの神さまです。」「だからそうじゃありませんか。わたくしはあなた方がいまにそのほんとうの神さまの前にわたくしたちとお会いになることを祈《いの》ります。」青年はつつましく両手《りょうて》を組みました。女の子もちょうどその通りにしました。みんなほんとうに別《わか》れが惜《お》しそうでその顔いろも少し青ざめて見えました。ジョバンニはあぶなく声をあげて泣《な》き出そうとしました。

「さあもう仕度《したく》はいいんですか。じきサウザンクロスですから。」

ああそのときでした。見えない天の川のずうっと川下《かわしも》に青や橙《だいだい》やもうあらゆる光でちりばめられた十字架《じゅうじか》がまるで一本の木という風に川の中から立ってかがやきその上には青じろい雲がまるい環《わ》になって后光《ごこう》のようにかかっているのでした。汽車の中がまるでざわざわしました。みんなあの北の十字のときのようにまっすぐに立ってお祈りをはじめました。あっちにもこっちにも子供《こども》が瓜《うり》に飛《と》びついたときのようなよろこびの声や何とも云《い》いようない深《ふか》いつつましいためいきの音ばかりきこえました。そしてだんだん十字架は窓の正面《しょうめん》になりあの苹果《りんご》の肉のような青じろい環《わ》の雲もゆるやかにゆるやかに繞《めぐ》っているのが見えました。

「ハレルヤハレルヤ。」明るくたのしくみんなの声はひびきみんなはそのそらの遠くからつめたいそらの遠くからすきとおった何とも云えずさわやかなラッパの声をききました。そしてたくさんのシグナルや電燈《でんとう》の灯《ひ》のなかを汽車はだんだんゆるやかになりとうとう十字架のちょうどま向《むか》いに行ってすっかりとまりました。「さあ、下りるんですよ。」青年は男の子の手をひき姉妹たちは互《たが》いにえりや肩《かた》を直してやってだんだん向うの出口の方へ歩き出しました。「じゃさよなら。」女の子がふりかえって二人に云いました。「さよなら。」ジョバンニはまるで泣《な》き出したいのをこらえて怒《おこ》ったようにぶっきら棒《ぼう》に云いました。女の子はいかにもつらそうに眼《め》を大きくしても一度《いちど》こっちをふりかえってそれからあとはもうだまって出て行ってしまいました。汽車の中はもう半分以上も空《あ》いてしまい俄《にわ》かにがらんとしてさびしくなり風がいっぱいに吹《ふ》き込《こ》みました。

そして見ているとみんなはつつましく列《れつ》を組んであの十字架の前の天の

川のなぎさにひざまずいていました。そしてその見えない天の川の水をわたってひとりの神々《こうごう》しい白いきものの人が手をのばしてこっちへ来るのを二人は見ました。けれどもそのときはもう硝子《ガラス》の呼子《よぶこ》は鳴らされ汽車はうごき出しと思うちに銀《ぎん》いろの霧《きり》が川下の方からすうっと流《なが》れて来てもうそっちは何も見えなくなりました。ただたくさんのくるみの木が葉《は》をさんさんと光らしてその霧の中に立ち黄金の円光をもった電気栗鼠《りす》が可愛《かわい》い顔をその中からちらちらのぞいているだけでした。

そのときすうっと霧《きり》がはれかかりました。どこかへ行く街道《かいどう》らしく小さな電燈の一列《いちれつ》についた通りがありました。それはしばらく線路《せんろ》に沿《そ》って進《すす》んでいました。そして二人がそのあかしの前を通って行くときはその小さな豆《まめ》いろの火はちょうど挨拶《あいさつ》でもするようにぽかっと消《き》え二人が過《す》ぎて行くときまた点《つ》くのでした。

ふりかえって見るとさっきの十字架はすっかり小さくなってしまいほん

とうにもうそのまま胸《むね》にも吊《つる》されそうになり、さっきの女の子や青年たちがその前の白い渚《なぎさ》にまだひざまずいているのかそれともどこか方角もわからないその天上へ行ったのかぼんやりして見分けられませんでした。

ジョバンニは、ああ、と深《ふか》く息《いき》しました。「カムパネルラ、また僕《ぼく》たち二人きりになったねえ、どこまでもどこまでも一緒《いっしょ》に行こう。僕はもうあのさそりのようにほんとうにみんなの幸《さいわい》のためならば僕のからだなんか百ぺん灼《や》いてもかまわない。」「うん。僕だってそうだ。」カムパネルラの眼《め》にはきれいな涙《なみだ》がうかんでいました。「けれどもほんとうのさいわいは一体何だろう。」ジョバンニが云いました。「僕わからない。」カムパネルラがぼんやり云いました。

「僕たちしっかりやろうねえ。」ジョバンニが胸《むね》いっぱい新らしい力が湧《わ》くようにふうと息をしながら云いました。

「あ、あすこ石炭袋《せきたんぶくろ》*だよ。そらの孔《あな》だよ。」カムパネルラが少しそっちを避《さ》けるようにしながら天の川のひとところを指《ゆび》さしました。ジョバンニはそっちを見てまるでぎくっとしてしまいました。天の川の一とこに大きなまっくらな孔がどおんとあいているのです。その底《そこ》がどれほど深《ふか》いかその奥《おく》に何があるかいくら眼《め》をこすってのぞいてもなんにも見えずただ眼がしんしんと痛《いた》むのでした。ジョバンニが云いました。「僕もうあんな大きな暗《やみ》の中だってこわくない。きっとみんなのほんとうのさいわいをさがしに行く。どこまでもどこまでも僕たち一緒に進《すす》んで行こう。」「ああきっと行くよ。ああ、あすこの野原はなんてきれいだろう。みんな集《あつま》ってるねえ。あすこがほんとうの天上なんだ。あっあすこにいるのはぼくのお母さんだよ。」カムパネルラは俄《にわ》かに窓《まど》の遠くに見えるきれいな野原を指《さ》して叫《さけ》びました。

ジョバンニもそっちを見ましたけれどもそこはぼんやり白くけむっているばかりどうしてもカムパネルラが云ったように思われませんでした。何とも云えずさびしい気がしてぼんやりそっちを見ていましたら向《むこ》うの河岸《かわぎし》に二本の電信《でんしん》ばしらが丁度両方《ちょうどりょうほう》から腕《うで》を組んだように赤い腕木《うでぎ》をつらねて立っていました。「カムパネルラ、僕たち一緒に行こうねえ。」ジョバンニが斯《こ》う云いながらふりかえって見ましたらそのいままでカムパネルラの座《すわ》っていた席《せき》にもうカムパネルラの形は見えずジョバンニはまるで鉄砲丸《てっぽうだま》のように立ちあがりました。そして誰《だれ》にも聞えないように窓《まど》の外へからだを乗《の》り出して力いっぱいはげしく胸《むね》をうって叫びそれからもう咽喉《のど》いっぱい泣《な》きだしました。もうそこらが一ぺんにまっくらになったように思いました。

ジョバンニは眼《め》をひらきました。もとの丘《おか》の草の中につかれてねむっていたのでした。胸は何だかおかしく熱《ほて》り頬《ほお》にはつめたい涙《なみだ》がながれていました。

ジョバンニはばねのようにはね起《お》きました。町はすっかりさっきの通りに下でたくさんの灯《ひ》を綴《つづ》ってはいましたがその光はなんだかさっきよりは熟《じゅく》したという風でした。そしてたったいま夢《ゆめ》であるいた天の川もやっぱりさっきの通りに白くぼんやりかかりまっ黒な南の地平線《ちへいせん》の上では殊《こと》にけむったようになってその右には蠍座《さそりざ》の赤い星がうつくしくきらめき、そらぜんたいの位置《いち》はそんなに変《かわ》ってもいないようでした。

ジョバンニは一《いっ》さんに丘を走って下りました。まだ夕ごはんをたべないで待《ま》っているお母さんのことが胸いっぱいに思いだされたのです。どんどん黒い松《まつ》の林の中を通ってそれからほの白い牧場《ぼくじょう》の柵《さく》をまわってさっきの入口から暗《くら》い牛舎《ぎゅうしゃ》の前へまた来ました。そこには誰かがいま帰ったらしくさっきなかった一つの車が何かの樽《たる》を二つ乗《の》っけて置《お》いてありました。

「今晩《こんばん》は。」ジョバンニは叫びました。

「はい。」白い太いずぼんをはいた人がすぐ出て来て立ちました。

「何のご用ですか。」

「今日牛乳《ぎゅうにゅう》がぼくのところへ来なかったのですが。」

「あ済《す》みませんでした。」その人はすぐ奥《おく》へ行って一本の牛乳瓶《びん》をもって来てジョバンニに渡《わた》しながらまた云《い》いました。

「ほんとうに、済みませんでした。今日はひるすぎうっかりしてこうしの柵をあけておいたもんですから大将早速《たいしょうさっそく》親牛のところへ行って半分ばかり呑《の》んでしまいましてね……」その人はわらいました。

「そうですか。ではいただいて行きます。」「ええ、どうも済《す》みませんでした。」「いいえ。」ジョバンニはまだ熱《あつ》い乳《ちち》の瓶《びん》を両方のてのひらで包《つつ》むようにもって牧場の柵《さく》を出ました。

そしてしばらく木のある町を通って大通りへ出てまたしばらく行きますとみちは十文字になってその右手の方通りのはずれにさっきカムパネルラたちのあかりを流《なが》しに行った川へかかった大きな橋《はし》のやぐらが夜のそらにぼんやり立っていました。

ところがその十字になった町かどや店の前に女たちが七、八人ぐらいずつ集《あつま》って橋の方を見ながら何かひそひそ談《はな》しているのです。それから橋の上にもいろいろなあかりがいっぱいなのでした。

ジョバンニはなぜかさあっと胸《むね》が冷《つめ》たくなったように思いました。そし

ていきなり近くの人たちへ、

「何かあったんですか。」と叫《さけ》ぶようにききました。

「こどもが水へ落《お》ちたんですよ。」一人が云いますとその人たちは一斉《いっせい》にジョバンニの方を見ました。ジョバンニはまるで夢中《むちゅう》で橋の方へ走りました。橋の上は人でいっぱいで河《かわ》が見えませんでした。白い服《ふく》を着《き》た巡査《じゅんさ》も出ていました。

ジョバンニは橋の袂《たもと》から飛《と》ぶように下の広い河原《かわら》へおりました。

その河原の水際《みずぎわ》に沿《そ》ってたくさんのあかりがせわしくのぼったり下ったりしていました。向《むこ》う岸《ぎし》の暗《くら》いどてにも火が七つ八つうごいていました。そのまん中をもう烏瓜《からすうり》のあかりもない川が、わずかに音をたてて灰《はい》いろにしずかに流《なが》れていたのでした。

河原のいちばん下流《かりゅう》の方へ洲《す》のようになって出たところに人の集りがくっきりまっ黒に立っていました。ジョバンニはどんどんそっちへ走りました。するとジョバンニはいきなりさっきカムパネルラといっしょだったマルソに会いました。マルソがジョバンニに走り寄《よ》ってきました。「ジョバンニ、カムパネルラが川へはいったよ。」「どうして、いつ。」「ザネリがね、舟《ふね》の上から烏うりのあかりを水の流《なが》れる方へ押《お》してやろうとしたんだ。そのとき舟がゆれたもんだから水へ落《お》っこったろう。するとカムパネルラがすぐ飛《と》びこんだんだ。そしてザネリを舟の方へ押してよこした。ザネリはカトウにつかまった。けれどもあとカムパネルラが見えないんだ。」「みんな探《さが》してるんだろう。」「ああすぐみんな来た。カムパネルラのお父さんも来た。けれども見附《みつ》からないんだ。ザネリはうちへ連《つ》れられてった。」ジョバンニはみんなの居《い》るそっちの方へ行きました。そこに学生たちや町の人たちに囲《かこ》まれて青じろい尖《とが》ったあごをしたカムパネルラのお父さんが黒い服《ふく》を着《き》てまっすぐに立って右手に持《も》った時計をじっと見つめていたのです。

みんなもじっと河《かわ》を見ていました。誰《だれ》も一言も物《もの》を云《い》う人もありませんでした。ジョバンニはわくわくわくわく足がふるえました。魚をとるときのアセチレンランプがたくさんせわしく行ったり来たりして黒い川の水はちらちら小さな波《なみ》をたてて流れているのが見えるのでした。下流の方の川はばい一ぱい銀河《ぎんが》が巨《おお》きく写《うつ》ってまるで水のないそのままのそらのように見えました。

ジョバンニはそのカムパネルラはもうあの銀河のはずれにしかいないというような気がしてしかたなかったのです。

けれどもみんなはまだ、どこかの波《なみ》の間から、

「ぼくずいぶん泳《およ》いだぞ。」と云いながらカムパネルラが出て来るか或《あ》るいはカムパネルラがどこかの人の知らない洲《す》にでも着《つ》いて立っていて誰かの来るのを待《ま》っているかというような気がして仕方《しかた》ないらしいのでした。けれども俄《にわ》かにカムパネルラのお父さんがきっぱり云いました。

「もう駄目《だめ》です。落《お》ちてから四十五分たちましたから。」

ジョバンニは思わずかけよって博士《はかせ》の前に立って、ぼくはカムパネルラの行った方を知っていますぼくはカムパネルラといっしょに歩いていたの

ですと云おうとしましたがもうのどがつまって何とも云えませんでした。するると博士はジョバンニが挨拶《あいさつ》に来たとでも思ったものですか、しばらくしげしげジョバンニを見ていましたが、

「あなたはジョバンニさんでしたね。どうも今晩《こんばん》はありがとう。」と叮《てい》ねいに云いました。

ジョバンニは何も云えずにただおじぎをしました。

「あなたのお父さんはもう帰っていますか。」博士は堅《かた》く時計を握《にぎ》ったままたきききました。

「いいえ。」ジョバンニはかすかに頭をふりました。

「どうしたのかなあ、ぼくには一昨日《おととい》大へん元気な便《たよ》りがあったんだが。今日あたりもう着《つ》くころなんだが。船が遅《おく》れたんだな。ジョバンニさん。あした放課后《ほうかご》みなさんとうちへ遊《あそ》びに来てくださいね。」

そう云いながら博士はまた川下の銀河《ぎんが》のいっぱいにうつった方へじっと眼《め》を送《おく》りました。ジョバンニはもういろいろなことで胸《むね》がいっぱいでなん

にも云えずに博士の前をはなれて早くお母さんに牛乳《ぎゅうにゅう》を持って行ってお父さんの帰ることを知らせようと思うともう一目散《いちもくさん》に河原《かわら》を街《まち》の方へ走りました。

よだか*の星

よだかは、実《じっ》にみにくい鳥です。

顔は、ところどころ、味噌《みそ》をつけたようにまだらで、くちばしは、ひらたくて、耳までさけています。

足は、まるでよぼよぼで、一間《けん》*とも歩けません。

ほかの鳥は、もう、よだかの顔を見ただけでも、いやになってしまうという工合《ぐあい》でした。

たとえば、ひばりも、あまり美《うつく》しい鳥ではありませんが、よだかよりは、ずっと上だと思っていましたので、夕方など、よだかにあうと、さもさもいやそうに、しんねりと目をつぶりながら、首をそっ方《ぽ》へ向《む》けるのでした。もっとちいさなおしゃべりの鳥などは、いつでもよだかのまっこうから悪《わる》口《くち》をしました。

「ヘン。また出て来たね。まあ、あのざまをごらん。ほんとうに、鳥の仲《なか》間《ま》のつらよごしだよ。」

「ね、まあ、あのくちの大きいことさ。きっと、かえるの親類《しんるい》か何かなんだよ。」

　こんな調子《ちょうし》です。おお、よだかでないただのたかならば、こんな生《なま》はんかのちいさい鳥は、もう名前を聞いただけでも、ぶるぶるふるえて、顔色を変《か》えて、からだをちぢめて、木の葉《は》のかげにでもかくれたでしょう。ところが夜だかは、ほんとうは鷹《たか》の兄弟でも親類でもありませんでした。かえって、よだかは、あの美しいかわせみ*や、鳥の中の宝石《ほうせき》のような蜂《はち》すずめ*の兄さんでした。蜂すずめは花の蜜《みつ》をたべ、かわせみはお魚を食べ、夜だかは羽虫をとってたべるのでした。それによだかには、するどい爪《つめ》もするどいくちばしもありませんでしたから、どんなに弱い鳥でも、よだかをこわがるはずはなかったのです。

　それなら、たかという名のついたことは不《ふ》思《し》議《ぎ》なようですが、これは、一つはよだかのはねが無暗《むやみ》に強くて、風を切って翔《か》けるときなどは、まるで鷹のように見えたことと、も一つはなきごえがするどくて、やはりどこか鷹に似《に》ていたためです。もちろん、鷹は、これをひじょうに気にかけて、いやがっていました。それですから、よだかの顔さえ見ると、肩《かた》をいからせて、早く名前をあらためろ、名前をあらためろと、いうのでした。

ある夕方、とうとう、鷹がよだかのうちへやって参《まい》りました。

「おい。居《い》るかい。まだお前は名前をかえないのか。ずいぶんお前も恥知《はじ》らずだな。お前とおれでは、よっぽど人格《じんかく》がちがうんだよ。たとえばおれは、青いそらをどこまでも飛《と》んで行く。おまえは、曇《くも》ってうすぐらい日か、夜でなくちゃ、出て来ない。それから、おれのくちばしやつめを見ろ。そして、よくお前のとくらべて見るがいい。」

「鷹さん。それはあんまり無理《むり》です。私の名前は私が勝手《かって》につけたのではありません。神《かみ》さまから下さったのです。」

「いいや。おれの名なら、神さまから貰《もら》ったのだと云《い》ってもよかろうが、お前のは、云わば、おれと夜と、両方《りょうほう》から貸《か》りてあるんだ。さあ返《かえ》せ。」
「鷹さん。それは無理です。」
「無理じゃない。おれがいい名を教えてやろう。市蔵《いちぞう》というんだ。市蔵と
な。いい名だろう。そこで、名前を変《か》えるには、改名《かいめい》の披露《ひろう》というものを
しないといけない。いいか。それはな、首へ市蔵と書いたふだをぶらさげ
て、私は以来《いらい》市蔵と申《もう》しますと、口上《こうじょう》を云って、みんなの所《ところ》をおじぎして
まわるのだ。」
「そんなことはとても出来ません。」
「いいや。出来る。そうしろ。もしあさっての朝までに、お前がそうしな
かったら、もうすぐ、つかみ殺《ころ》すぞ。つかみ殺してしまうから、そう思え。
おれはあさっての朝早く、鳥のうちを一軒《けん》ずつまわって、お前が来たかど
うかを聞いてあるく。一軒でも来なかったという家があったら、もう貴様《きさま》
もその時がおしまいだぞ。」
「だってそれはあんまり無理《むり》じゃありませんか。そんなことをするくらい

なら、私はもう死《し》んだほうがましです。今すぐ殺して下さい。」
「まあ、よく、あとで考えてごらん。市蔵《いちぞう》なんてそんなにわるい名じゃないよ。」鷹は大きなはねを一杯《いっぱい》にひろげて、自分の巣《す》の方へ飛《と》んで帰って行きました。

よだかは、じっと目をつぶって考えました。
(一たい僕《ぼく》は、なぜこうみんなにいやがられるのだろう。僕の顔は、味噌《みそ》をつけたようで、口は裂《さ》けてるからなあ。それだって、僕は今まで、なんにも悪《わる》いことをしたことがない。赤ん坊《ぼう》のめじろ*が巣から落《お》ちていたときは、助《たす》けて巣へ連《つ》れて行ってやった。そしたらめじろは、赤ん坊をまるでぬす人からでもとりかえすように僕からひきはなしたんだなあ。それからひどく僕を笑《わら》ったっけ。それにああ、今度《こんど》は市蔵だなんて、首へふだをかけるなんて、つらいはなしだなあ。)

あたりは、もううすくらくなっていました。夜だかは巣から飛び出しました。雲が意地《いじ》悪《わる》く光って、低《ひく》くたれています。夜だかはまるで雲とすれすれになって、音なく空を飛びまわりました。

それからにわかによだかは口を大きくひらいて、はねをまっすぐに張《は》って、まるで矢のようにそらをよこぎりました。小さな羽虫が幾匹《いくひき》も幾匹もその咽喉《のど》にはいりました。

からだがつちにつくかつかないうちに、よだかはひらりとまたそらへはねあがりました。もう雲は鼠色《ねずみいろ》になり、向《むこ》うの山には山焼《やまや》けの火がまっ赤です。

夜だかが思い切って飛ぶときは、そらがまるで二つに切れたように思われます。一疋《ぴき》の甲虫《かぶとむし》が、夜だかの咽喉にはいって、ひどくもがきました。よだかはすぐそれを呑《の》みこみましたが、その時何だかせなかがぞっとしたように思いました。

雲はもうまっくろく、東の方だけ山やけの火が赤くうつって、恐《おそ》ろしいようです。よだかはむねがつかえたように思いながら、またそらへのぼりました。

また一疋の甲虫が、夜だかののどに、はいりました。そしてまるでよだかの咽喉《のど》をひっかいてばたばたしました。よだかはそれを無理《むり》にのみこんでしまいましたが、その時、急《きゅう》に胸《むね》がどきっとして、夜だかは大声をあげて泣《な》き出しました。泣きながらぐるぐるぐるぐる空をめぐったのです。

（ああ、かぶとむしや、たくさんの羽虫が、毎晩《まいばん》僕《ぼく》に殺《ころ》される。そしてそのただ一つの僕がこんどは鷹《たか》に殺される。それがこんなにつらいのだ。ああ、つらい、つらい。僕はもう虫をたべないで餓《う》えて死《し》のう。いやその前にもう鷹が僕を殺すだろう。いや、その前に、僕は遠くの遠くの空の向《むこ》うに行ってしまおう。）

山焼《やまや》けの火は、だんだん水のように流《なが》れてひろがり、雲も赤く燃《も》えているようです。

よだかはまっすぐに、弟の川せみの所《ところ》へ飛《と》んで行きました。きれいな川せみも、丁度起《ちょうどお》きて遠くの山火事《やまかじ》を見ていたところでした。そしてよだかの降《お》りて来たのを見て云《い》いました。

「兄さん。今晩《こんばん》は。何か急のご用ですか。」

「いいや、僕は今度《こんど》遠い所へ行くからね、その前一寸《ちょっと》お前に遭《あ》いに来たよ。」

「兄さん。行っちゃいけませんよ。蜂雀《はちすずめ》もあんな遠くにいるんですし、僕ひとりぼっちになってしまうじゃありませんか。」

「それはね。どうも仕方《しかた》ないのだ。もう今日は何も云わないでくれ。そしてお前もね、どうしてもとらなければならない時のほかはいたずらにお魚を取ったりしないようにしてくれ。ね。さよなら。」

「兄さん。どうしたんです。まあもう一寸お待《ま》ちなさい。」

「いや、いつまで居《い》てもおんなじだ。はちすずめへ、あとでよろしく云っ

てやってくれ。さよなら。もうあわないよ。さよなら。」

よだかは泣《な》きながら自分のお家へ帰って参《まい》りました。みじかい夏の夜は

もうあけかかっていました。

羊歯《しだ》の葉《は》は、よあけの霧《きり》を吸《す》って、青くつめたくゆれました。よだかは

高くきしきしきしと鳴きました。そして巣《す》の中をきちんとかたづけ、きれいにからだ中のはねや毛をそろえて、また巣から飛《と》び出しました。

霧がはれて、お日さまが丁度《ちょうど》東からのぼりました。夜だかはぐらぐらするほどまぶしいのをこらえて、矢のように、そっちへ飛んで行きました。

「お日さん、お日さん。どうぞ私をあなたの所《ところ》へ連《つ》れてって下さい。灼《や》けて死《し》んでもかまいません。私のようなみにくいからだでも灼けるときには小さなひかりを出すでしょう。どうか私を連れてって下さい。」

行っても行っても、お日さまは近くなりませんでした。かえってだんだん小さく遠くなりながらお日さまが云《い》いました。

「お前はよだかだな。なるほど、ずいぶんつらかろう。今夜そらを飛んで、星にそうたのんでごらん。お前はひるの鳥ではないのだからな。」

夜だかはおじぎを一つしたと思いましたが、急《きゅう》にぐらぐらしてとうとう野原の草の上に落《お》ちてしまいました。そしてまるで夢《ゆめ》を見ているようでした。からだがずうっと赤や黄の星のあいだをのぼって行ったり、どこまでも風に飛《と》ばされたり、また鷹《たか》が来てからだをつかんだりしたようでした。

つめたいものがにわかに顔に落ちました。よだかは眼《め》をひらきました。一本の若《わか》いすすきの葉から露《つゆ》がしたたったのでした。もうすっかり夜になって、空は青ぐろく、一面《いちめん》の星がまたたいていました。よだかはそらへ飛びあがりました。今夜も山やけの火はまっかです。よだかはその火のかすかな照《て》りと、つめたいほしあかりの中をとびめぐりました。それからもう一ぺん飛びめぐりました。そして思い切って西のそらのあの美《うつく》しいオリオンの星の方に、まっすぐに飛びながら叫《さけ》びました。

「お星さん。西の青じろいお星さん。どうか私をあなたのところへ連れって下さい。灼けて死んでもかまいません。」オリオンは勇《いさ》ましい歌をつづけながらよだかなどはてんで相手《あいて》にしませんでした。よだかは泣《な》きそうになって、よろよろと落ちて、それからやっとふみとまって、もう一ぺんとびめぐりました。それから、南の大犬座《おおいぬざ》の方へまっすぐに飛びながら叫びました。

「お星さん。南の青いお星さん。どうか私をあなたの所《ところ》へつれてって下さい。やけて死んでもかまいません。」大犬は青や紫《むらさき》や黄やうつくしくせわしくまたたきながら云《い》いました。「馬鹿《ばか》を云うな。おまえなんか一体どんなものだい。たかが鳥じゃないか。おまえのはねでここまで来るには、億《おく》年兆《ちょう》年億兆年だ。」そしてまた別《べつ》の方を向きました。

よだかはがっかりして、よろよろ落《お》ちて、それからまた二へん飛びめぐりました。それからまた思い切って北の大熊星《おおぐまぼし》の方へまっすぐに飛びながら叫びました。

「北の青いお星さま、あなたの所へどうか私を連《つ》れてって下さい。」

大熊星はしずかに云いました。

「余計《よけい》なことを考えるものではない。少し頭をひやして来なさい。そう云うときは、氷山《ひょうざん》の浮《う》いている海の中へ飛び込《こ》むか、近くに海がなかったら、氷《こおり》をうかべたコップの水の中へ飛び込むのが一等《いっとう》だ。」

よだかはがっかりして、よろよろ落ちて、それからまた、四へんそらをめぐりました。そしてもう一度《いちど》、東から今のぼった天の川の向《むこ》う岸《ぎし》の鷲《わし》の星に叫びました。

「東の白いお星さま、どうか私をあなたの所へ連れてって下さい。やけて死んでもかまいません。」鷲は大風《おおふう》に云いました。

「いいや、とてもとても、話にも何にもならん。星になるには、それ相応《そうおう》の身分《みぶん》でなくちゃいかん。またよほど金もいるのだ。」

よだかはもうすっかり力を落《お》としてしまって、はねを閉《と》じて、地に落ちて行きました。そしてもう一尺《しゃく》で地面《じめん》にその弱い足がつくというとき、よだかは俄《にわ》かにのろしのようにそらへとびあがりました。そらのなかほどへ来て、よだかはまるで鷲《わし》が熊《くま》を襲《おそ》うときするように、ぶるっとからだをゆすって毛をさかだてました。

それからキシキシキシキシキシッと高く高く叫《さけ》びました。その声はまるで鷹《たか》でした。野原や林にねむっていたほかのとりは、みんな目をさまして、ぶるぶるふるえながら、いぶかしそうにほしぞらを見あげました。

夜だかは、どこまでも、どこまでも、まっすぐに空へのぼって行きました。もう山焼《やまや》けの火はたばこの吸殻《すいがら》のくらいにしか見えません。よだかはのぼってのぼって行きました。

寒《さむ》さにいきはむねに白く凍《こお》りました。空気がうすくなったために、はねをそれはそれはせわしくうごかさなければなりませんでした。

それだのに、ほしの大きさは、さっきと少しも変《かわ》りません。つくいきはふいごのようです。寒さや霜《しも》がまるで剣《けん》のようによだかを刺《さ》しました。よだかははねがすっかりしびれてしまいました。そしてなみだぐんだ目をあげてもう一ぺんそらを見ました。そうです。これがよだかの最后《さいご》でした。もうよだかは落《お》ちているのか、のぼっているのか、さかさになっているのか、上を向いているのかも、わかりませんでした。ただこころもちはやすらかに、その血《ち》のついた大きなくちばしは、横《よこ》にまがってはいましたが、たしかに少しわらっておりました。

それからしばらくたってよだかははっきりまなこをひらきました。そして自分のからだがいま燐《りん》の火のような青い美《うつく》しい光になって、しずかに燃《も》えているのを見ました。

すぐとなりは、カシオピア座《ざ》でした。天の川の青じろいひかりが、すぐうしろになっていました。

そしてよだかの星は燃えつづけました。いつまでもいつまでも燃えつづけました。

今でもまだ燃えています。

注釈

『銀河鉄道の夜』

五＊乳《ちち》の流《なが》れたあと　天の川の英語名は、The Milky Way。またこの作品はジョバンニが病気の母のために牛乳を受け取りに行く話である。牛乳は古今東西、様々な宗教的隠喩《いんゆ》であり、例えば、仏教ではすべての人の心に埋《う》もれている仏性（悟《さと》りの境地にいたることのできる可能性、如来《にょらい》の要素）を牛乳にたとえ、それが酪《らく》や酥《そ》を経《へ》て、最後に美味な醍醐《だいご》に到達《とうたつ》するまでの過程を、迷いから悟りに至る精神的な段階にたとえる。

＊カムパネルラ　イタリア語圏《けん》の人名。一説によればユートピア小説『太陽の都』等を著した17世紀のイタリアの社会思想家、トマソ・カンパネ（ル）ラを意識した命名。

＊ジョバンニ　イタリアのありふれた男子の名前。聖ヨハネにちなむ洗礼名。『ひのきとひなげし』にも「セントジョバンニ様」が登場する。

九＊太陽がこのほぼ中ごろに　大正時代の天文書ではこのような銀河系モデルが通用していた。現在の天文学では、銀河系の中心から3万光年離《はな》れている。

一一＊ランプシェード　ここではランプの傘《かさ》（ランプシェード、電灯《でんとう》の笠《かさ》も類似形《るいじけい》）に似《に》た帽子《ぼうし》、ランプシェード・ハットのこと。活字拾いでは髪《かみ》の毛が混入しないよう帽子をかぶる。

一三＊ケール　キャベツ類の一種。羽衣甘藍《はごろもかんらん》。結球せず縮緬状《ちりめんじょう》の葉を食べる。

一五＊ラッコ　イタチ科の水生動物で、泳ぎがうまい（『風の又三郎』を参照）。かつては北太平洋に広く生息《せいそく》していたが、毛皮の乱獲《らんかく》のために激減《げきげん》した。

一六＊ザウエル　ドイツ語のsauerで、酸っぱい、の意味。

一八＊ケンタウル祭《さい》　南天星座ケンタウルス座（夏の南天の地平線上。ケンタウルスはギリシャ神話に登場する人馬神）を念頭に置いたもの。

二一＊マグネシヤの花火　マグネシヤ（酸化マグネシウム）は耐熱材《たいねつざい》に使われるように燃えにくく、文脈に合わない。ここは、マグネシアがマグネシウムの燃焼によって合成される事実を踏《ふ》まえていよう。マグネシウムの燃焼は青白い閃光《せんこう》を放つのでフラッシュ撮影《さつえい》にも使われる。

三五＊天気輪《てんきりん》の柱《はしら》　実在しない。詩「病技師〔二〕」では「五輪塔《ごりんとう》」からの書き換《か》え。五輪塔は、宇宙のすべてを5根本要素（地水火風空）に還元《かんげん》し、人体も5要素から成る小宇宙と見なす密教の宇宙観の具象化。即《すなわ》ち人間を宇宙の統率神《とうそつしん》そのものの具現化とする。また『銀河鉄道の夜』を織りなすもう一方の宗教キリスト教では、神は絶対的な創造主で人間が成ることは不可能である。作中に登場する賛美歌

「主よみもとに近づかん」や、ジョバンニとキリスト教徒の青年との、神さまや天国のありかたをめぐる論争が、この天気輪の機能に反映されていよう。なお中野美代子（新校本全集「月報1」）は、「海の底のお宮」が竜宮《りゅうぐう》を指すことから、中国の天文学の竜座と麒麟座《きりんざ》、ケフェウス座中の3星を結んだ、紫微宮《しびきゅう》にあたる「天の麒麟《きりん》の輪」と解釈する。

二六＊苹果《りんご》　賢治作品では聖なる果物で、天使に近い純粋な子供の頬《ほお》の描写《びょうしゃ》に使われる。キリスト教ではアダムとエヴァが蛇《へび》にそそのかされて食べ、原罪を背負うことになる禁断の果実とされるが、賢治は詩「真空溶媒《ようばい》」で、この原罪としての苹果を揶揄《やゆ》している。

二七＊三角標《さんかくひょう》　陸軍陸地測量部が測量した標高を刻んだ三角標石のこと。ふつうは長方形で山頂に置く。遠方から見えるように標石の上に三角形の櫓《やぐら》を設置したことから三角標と呼ばれた。

二八＊鋼青《こうせい》　steel blue の訳語。暗い灰青色。

＊ダイアモンド会社　詩「〔北いっぱいの星ぞらに〕」下書稿《こう》にほぼ同一の表現があるが、そこではダイアモンドのトラストとなっている。南アフリカのデ・ビアス社がほぼ独占《どくせん》して値段を維持《いじ》していることを、一時は宝石商に成ろうとした賢治が、批判的に表現したもの。

三一＊黒曜石《こくようせき》　天然のガラス。黒色のものが多く、古来から矢尻《やじり》や石器として用いられて来た。

三三＊月長石《げっちょうせき》　長石の結晶《けっしょう》のひとつ。ある一定方向に青白い光を放つので月光に結びつけられた。

三四＊北十字《きたじゅうじ》　白鳥座の主な星を結ぶと十字になるので、南十字星に対して北十字と呼ぶ。

＊プリオシン海岸《かいがん》　Pliocene。第三紀《だいさんき》の後半の鮮新世《せんしんせい》のこと。ここはイギリス海岸でのくるみや偶蹄類《ぐうているい》の化石の発見が基になっている。詳《くわ》しくは童話『イギリス海岸』参照。

三七＊狐火《きつねび》　鬼火《おにび》とも。正体不明の不気味な燐光《りんこう》。キツネが化かすという言い伝えによる。
＊かつぎ　被衣。頭から被《かぶ》るベール。
四〇＊砂はみんな水晶だ　実際に地球上の砂の大部分は石英（透明《とうめい》なものが水晶《すいしょう》）である。
＊鋼玉《こうぎょく》　コランダム。透明な結晶のうち、赤がルビー、青がサファイア。
四三＊第三紀《だいさんき》　今から六五〇〇万年前から二〇〇〇万年前までの地質年代。哺乳類《ほにゅうるい》の時代。
＊ボス　ラテン語でウシのこと。ウシ科のウシ、ガウル、ヤク、バンテンの学名につく。
四五＊鳥を捕《と》る人　仏教では特に、食べるため殺生《せっしょう》する者を罪深いとして、仏道者に彼《かれ》らとの交際を禁じることが多い（『ビジテリアン大祭』参照）。『法華経《ほけきょう》』にも、「安楽行品《あんらくぎょうほん》」や「普賢菩薩勧発品《ふげんぼさつかんぼっぽん》」等で同様のことが述《の》べられている。賢治はしかし『なめとこ山の熊《くま》』等で、生

きるためにやむを得ず殺生する者に、優しいまなざしを送っている。

五五＊アルビレオ　白鳥座の2番星。双眼鏡《そうがんきょう》で見ると、青と黄の二つの連星であることが分かる。

五六＊三次《さんじ》空間　縦《たて》、横、高さの三軸《じく》で成り立つ立体世界。我々が存在しているこの世界。

＊南十字《サウザンクロス》　南十字星。

＊十ばかりの字　様々な読みが可能。そのひとつは仏教の生命分類を表す十界《じっかい》（如来《にょらい》、菩薩《ぼさつ》、縁覚《えんがく》、声聞《しょうもん》、天人、人、修羅《しゅら》、畜生《ちくしょう》、餓鬼《がき》、地獄《じごく》）の頭文字。日本仏教のルーツである天台宗《てんだいしゅう》では十界はそれぞれが他の九界の意識を持ち合うとする（十界互具《じっかいごぐ》）。これを幻想《げんそう》の空間に置き換《か》えると、あらゆる世界へ行くことができる夢《ゆめ》の中の切符《きっぷ》の意味になる。

五九＊幻想第四次《げんそうだいよんじ》　三次に時間軸《じく》が加わった空間を四次元空間（時空間）という。アインシュタインの特殊相対性理論《とくしゅそうたいせいりろん》によって、時間と空間は独立せず、相互《そうご》の関連性があるとされた。賢治の場合は純粋《じゅんすい》な物理学用語ではなく、仏教の因果《いんが》論《ろん》や唯心論《ゆいしんろん》と結びつき、夢の中ではあらゆる生物の意識が、過去、未来という時間的制限を超越《ちょうえつ》して出現するという意味である。

六二＊ランカシャイヤ　イギリス中西部、マンチェスターの北々西に位置するランカシャー地方。

＊コンネクテカット州　アメリカ合衆国東北部、ニューヨークの北東にあるコネティカット州。

六三＊ツインクル、ツインクル、リトル、スター　日本でも「キラキラ星」として歌われる。

六五＊船が沈《しず》みましてね　一九一二年四月に沈没《ちんぼつ》したタイタニック号事件を想定。詩の「〔今日もまたしようがないな〕」に賛美歌とともに記されている。

六六＊番の声　下書稿《こう》等から、賛美歌三二〇番「主よみもとに近づかん」

である。番号は版ごとに変わった。タイタニック号沈没時に、残された乗客が合唱したことで有名。旧約聖書のヤコブの夢《ゆめ》（梯子《はしご》が天まで達し、神の使いが上り下りする夢）に基づく。この『銀河鉄道の夜』の主題が、神（天国）と人間との関係（ほんとうの神様論争）にあることを暗示する。

六七＊パシフィック　太平洋。

七三＊オーケストラベルやジロフォン　前者は金管を叩《たた》いて音をだすチューブベル。後者はオーストリアによく見られる反響板《はんきょうばん》のない木琴《もっきん》、キロフォンのこと。

＊かささぎ　カラス科の鳥で、体色は黒を基調に、腰《こし》や腹は真白である。中国の伝説では、七夕《たなばた》の夜に、牽牛《けんぎゅう》星と織女《しょくじょ》星が会えるよう、天の川に翼《つばさ》の橋を懸《か》けるという。

七四＊孔雀《くじゃく》　孔雀座は南天の星座で、インディアン座の南側、日本からはほとんど見えない。賢治作品では孔雀は天上世界の出現を告げる鳥

（『インドラの網《あみ》』『氷と後光』等）。

七九＊新世界交響楽《しんせかいこうきょうがく》　19世紀のチェコの作曲家ドヴォルザークが作曲した交響曲《こうきょうきょく》　第9番ホ短調のこと。アメリカインディアンの曲を取り入れた。第2楽章ラルゴは賢治が特に好んだ曲。

八〇＊尺《しゃく》　一尺は約30センチ。

＊コロラドの高原　アメリカ合衆国中部の高原。ここは大陸横断鉄道のイメージの反映。

＊インデアン　インディアン座は秋の南天星座。地平線付近の天の川の東側に位置する。

八六＊リチウム　銀白色の金属元素。水と反応して深紅《しんく》の炎《ほのお》をあげるので、花火にも使われる。

＊蝎《さそり》　蠍座《さそりざ》。嫌《きら》われ者が自分の身体を人々のために捧《ささ》げる（捨身布施《しゃしんふせ》、菩薩道《ぼさつどう》のひとつ）ことで、天上の星に生まれ変わるという主題は『よだかの星』『手紙一』等にも見られる。

九四＊石炭袋《せきたんぶくろ》　南十字星のすぐ脇《わき》にある天の川中の暗い部分。コールサック。光らない物質による後方光の遮断《しゃだん》（暗黒星雲）だが、大正期の天文書ではしばしば銀河の穴《あな》と表現された。

『よだかの星』

一〇五＊よだか　夜行性で、飛びながら昆虫《こんちゅう》を捕捉《ほそく》する体長約30センチの暗《あん》褐色《かっしょく》の鳥。賢治の世代の必読書、丘浅次郎『進化論講話』では、口を特に大きく開けるように進化したよだかが、適者生存の典型例とされる。大正3年の内田清之助『日本鳥類図説』は、H・ガドーの分類法に基づき、同じブッポウソウ目の中に、よたか（ヨタカ亜目《あもく》）、かわせみ（ブッポウソウ亜目）を入れる。昭和9年の黒田長礼『鳥類原色大図説』には、ハチドリ（はちすずめ）を学士によってはブッポウソウ目アマツバメ亜目に入れるとあり、これらの鳥を三兄弟とする賢治の捉《とら》え方（詩「花鳥図譜《ずふ》・七月」にも見られる）は、この分類法に基づいていよう。

＊一間《けん》　6尺《しゃく》。約1・8メートル。

一〇六＊かわせみ　翡翠《ひすい》。淡水《たんすい》の水場にいる鳥。嘴《くちばし》が大きく、腹が橙色《だいだいいろ》、背から尾《お》はコバルト色で他は深緑色。急降下して魚を捕《と》る。

＊蜂《はち》すずめ　ハチドリ（ハミングバード）。中南米に生息《せいそく》。羽《はね》を高速で動かすので蜂《はち》の羽音《はおと》に似《に》る。種類が多く小型のものは10センチ以下。翡翠色《ひすいいろ》や黄玉色《トパーズいろ》の鮮《あざ》やかな胸である。

一〇九＊めじろ　オリーブ色の体に眼の周《まわ》りが白い小鳥。ジューチェイジューチェイと鳴く。

一一七＊ふいご　金属の精錬《せいれん》に使う送風機。

（大塚常樹）

本書は、昭和四十四年七月に小社より刊行した
『銀河鉄道の夜』を底本に再編集したものです。

100分間《ぶんかん》で楽《たの》しむ名作小説《めいさくしょうせつ》

銀《ぎん》河《が》鉄《てつ》道《どう》の夜《よる》

宮沢《みやざわ》賢治《けんじ》

令和６年 ３月25日　初版発行
令和６年 11月15日　３版発行

発行者●山下直久

発行●株式会社KADOKAWA
〒102-8177　東京都千代田区富士見2-13-3
電話　0570-002-301（ナビダイヤル）

角川文庫 24085

印刷所●株式会社暁印刷
製本所●本間製本株式会社

表紙画●和田三造

Printed in Japan
ISBN 978-4-04-114816-7　C0193

◇◇◇

角川文庫発刊に際して

角　川　源　義

第二次世界大戦の敗北は、軍事力の敗北であった以上に、私たちの若い文化力の敗退であった。私たちの文化が戦争に対して如何に無力であり、単なるあだ花に過ぎなかったかを、私たちは身を以て体験し痛感した。西洋近代文化の摂取にとって、明治以後八十年の歳月は決して短かすぎたとは言えない。にもかかわらず、近代文化の伝統を確立し、自由な批判と柔軟な良識に富む文化層として自らを形成することに私たちは失敗して来た。そしてこれは、各層への文化の普及滲透を任務とする出版人の責任でもあった。

一九四五年以来、私たちは再び振出しに戻り、第一歩から踏み出すことを余儀なくされた。これは大きな不幸ではあるが、反面、これまでの混沌・未熟・歪曲の中にあった我が国の文化に秩序と確たる基礎を齎らすためには絶好の機会でもある。角川書店は、このような祖国の文化的危機にあたり、微力をも顧みず再建の礎石たるべき抱負と決意とをもって出発したが、ここに創立以来の念願を果すべく角川文庫を発刊する。これまで刊行されたあらゆる全集叢書文庫類の長所と短所とを検討し、古今東西の不朽の典籍を、良心的編集のもとに、廉価に、そして書架にふさわしい美本として、多くのひとびとに提供しようとする。しかし私たちは徒らに百科全書的な知識のジレッタントを作ることを目的とせず、あくまで祖国の文化に秩序と再建への道を示し、この文庫を角川書店の栄ある事業として、今後永久に継続発展せしめ、学芸と教養との殿堂として大成せんことを期したい。多くの読書子の愛情ある忠言と支持とによって、この希望と抱負とを完遂せしめられんことを願う。

一九四九年五月三日

角川文庫ベストセラー

注文の多い料理店　宮沢賢治

二人の紳士が訪れた山奥の料理店「山猫軒」。扉を開けると、「当軒は注文の多い料理店です」の注意書きが。岩手県花巻の畑や森、その神秘のなかで育まれた九つの物語からなる童話集を、当時の挿絵付きで。

セロ弾きのゴーシュ　宮沢賢治

楽団のお荷物のセロ弾き、ゴーシュ。彼のもとに夜ごと動物たちが訪れ、楽器を弾くように促す。鼠たちはゴーシュのセロで病気が治るという。表題作の他、「オツベルと象」「グスコーブドリの伝記」等11作収録。

新編 宮沢賢治詩集　編／中村 稔

亡くなった妹トシを悼む慟哭を綴った「永訣の朝」。自然の中で懊悩し、信仰と修羅にひき裂かれた賢治のほとばしる絶唱。名詩集『春と修羅』の他、ノート、手帳に書き留められた膨大な詩を厳選収録。

風の又三郎　宮沢賢治

谷川の岸にある小学校に転校してきたひとりの少年。その周りにはいつも不思議な風が巻き起こっていた―落ち着かない気持ちに襲われながら、少年にひかれてゆく子供たち。表題作他九編を収録。

蛙のゴム靴　宮沢賢治

宮沢賢治の、ちいさくてうつくしい世界が、新装版でよみがえる。森の生きものたちをみつめ、生きとし生けるすべてのいのちをたたえた、心あたたまる短編集。

角川文庫ベストセラー

舞踏会・蜜柑　芥川龍之介

夜空に消える一閃の花火に人生を象徴させる「舞踏会」や、見知らぬ姉妹の情に安らぎを見出す「蜜柑」。表題作の他、「沼地」「竜」「疑惑」「魔術」など大正8年の作品計16編を収録。

藪の中・将軍　芥川龍之介

『今昔物語』を典拠に、真実の不確かさを巧みな構成で鮮やかに提示した「藪の中」、神格化された一将軍の虚飾を剥ぐ「将軍」等、様々なテーマやスタイルに挑戦した大正10年頃の円熟期の作品17篇を収録。

羅生門・鼻・芋粥　芥川龍之介

荒廃した平安京の羅生門で、死人の髪の毛を抜く老婆の姿に、下人は自分の生き延びる道を見つける。表題作「羅生門」をはじめ、初期の作品を中心に計18編。芥川文学の原点を示す、繊細で濃密な短編集。

河童・戯作三昧　芥川龍之介

芥川が自ら命を絶った年に発表され、痛烈な自虐と人間社会への風刺である「河童」、江戸の戯作者に自己を投影した「戯作三昧」の表題作他、「或日の大石内蔵之助」「開化の殺人」など著名作品計10編を収録。

今夜は眠れない　宮部みゆき

中学一年でサッカー部の僕、両親は結婚15年目、ごく普通の平和な我が家に、謎の人物が5億もの財産を母さんに遺贈したことで、生活が一変。家族の絆を取り戻すため、僕は親友の島崎と、真相究明に乗り出す。

角川文庫ベストセラー

夢にも思わない
宮部みゆき

秋の夜、下町の庭園での虫聞きの会で殺人事件が。殺されたのは僕の同級生のクドウさんの従妹だった。被害者への無責任な噂もあとをたたず、クドウさんも沈みがち。僕は親友の島崎と真相究明に乗り出した。

あやし
宮部みゆき

木綿問屋の大黒屋の跡取り、藤一郎に縁談が持ち上がったが、女中のおはるのお腹にその子供がいることが判明する。店を出されたおはるを、藤一郎の遣いで訪ねた小僧が見たものは……江戸のふしぎ噺9編。

お文《ふみ》の影
宮部みゆき

月光の下、影踏みをして遊ぶ子どもたちのなかにぽつんと女の子の影が現れる。影の正体と、その因縁とは。「ぼんくら」シリーズの政五郎親分とおでこの活躍する表題作をはじめとする、全6編のあやしの世界。

過ぎ去りし王国の城
宮部みゆき

早々に進学先も決まった中学三年の二月、ひょんなことから中世ヨーロッパの古城のデッサンを拾った尾垣真。やがて絵の中にアバター（分身）を描き込むことで、自分もその世界に入り込めることを突き止める。

おそろし
三島屋変調百物語事始
宮部みゆき

17歳のおちかは、実家で起きたある事件をきっかけに心を閉ざした。今は江戸で袋物屋・三島屋を営む叔父夫婦の元で暮らしている。三島屋を訪れる人々の不思議話が、おちかの心を溶かし始める。百物語、開幕！

角川文庫ベストセラー

あんじゅう
三島屋変調百物語事続

宮部みゆき

ある日おちかは、空き屋敷にまつわる不思議な話を聞く。人を恋いながら、人のそばでは生きられない暗獣〈くろすけ〉とは……宮部みゆきの江戸怪奇譚連作集「三島屋変調百物語」第2弾。

泣き童子
三島屋変調百物語参之続

宮部みゆき

おちか1人が聞いては聞き捨てる、変わり百物語が始まって1年。三島屋の黒白の間にやってきたのは、死人のような顔色をしている奇妙な客だった。彼は虫の息の状態で、おちかにある童子の話を語るのだが……。

三鬼
三島屋変調百物語四之続

宮部みゆき

此度の語り手は山陰の小藩の元江戸家老。彼が山番士として送られた寒村で知った恐ろしい秘密とは!? せつなくて怖いお話が満載! おちかが聞き手をつとめる変わり百物語、「三島屋」シリーズ文庫第四弾!

あやかし草紙
三島屋変調百物語伍之続

宮部みゆき

「語ってしまえば、消えますよ」人々の弱さに寄り添い、心を清めてくれる極上の物語の数々。聞き手おちかの卒業をもって、百物語は新たな幕を開く。大人気「三島屋」シリーズ第1期の完結篇!

黒武御神火御殿
三島屋変調百物語六之続

宮部みゆき

江戸の袋物屋・三島屋で行われている百物語。「語って語り捨て、聞いて聞き捨て」を決め事に、訪れた客が胸にしまってきた不思議な話を語っていく。聞き手の交代とともに始まる、新たな江戸怪談。

角川文庫ベストセラー

いつかパラソルの下で　森　絵　都

厳格な父の教育に嫌気がさし、成人を機に家を飛び出していた柏原野々。その父も亡くなり、四十九日の法要を迎えようとしていたころ、生前の父と関係があったという女性から連絡が入り……。

ラン　森　絵　都

9年前、13歳の時に家族を事故で亡くした環は、ある日、仲良くなった自転車屋さんからもらったロードバイクに乗ったまま、異世界に紛れ込んでしまう。そこには死んだはずの家族が暮らしていた……。

気分上々　森　絵　都

〝自分革命〟を起こすべく親友との縁を切った女子高生、一族に伝わる理不尽な〝掟〟に苦悩する有名女優、無銭飲食の罪を着せられた中2男子……森絵都の魅力をすべて凝縮した、多彩な9つの小説集。

クラスメイツ〈前期〉〈後期〉　森　絵　都

部活で自分を変えたい千鶴、ツッコミキャラを目指す蒼太、親友と恋敵になるかもしれないと焦る里緒……中学1年生の1年間を、クラスメイツ24人の視点でリレーのようにつなぐ連作短編集。

リズム／ゴールド・フィッシュ　森　絵　都

中学1年生のさゆきは、いとこの真ちゃんが大好きだ。高校へ行かずに金髪頭でロックバンドの活動に打ち込む真ちゃんとずっと一緒にいたいのに、真ちゃんの両親の離婚話を耳にしてしまい……。

角川文庫ベストセラー

金田一耕助ファイル1
八つ墓村
横溝正史

鳥取と岡山の県境の村、かつて戦国の頃、三千両を携えた八人の武士がこの村に落ちのびた。欲に目が眩んだ村人たちは八人を惨殺。以来この村は八つ墓村と呼ばれ、怪異があいついだ……。

金田一耕助ファイル2
本陣殺人事件
横溝正史

一柳家の当主賢蔵の婚礼を終えた深夜、人々は悲鳴と琴の音を聞いた。新床に血まみれの新郎新婦。枕元には、家宝の名琴〝おしどり〟が……。密室トリックに挑み、第一回探偵作家クラブ賞を受賞した名作。

金田一耕助ファイル3
獄門島
横溝正史

瀬戸内海に浮かぶ獄門島。南北朝の時代、海賊が基地としていたこの島に、悪夢のような連続殺人事件が起こった。金田一耕助に託された遺言が及ぼす波紋とは？　芭蕉の俳句が殺人を暗示する⁉

金田一耕助ファイル4
悪魔が来りて笛を吹く
横溝正史

毒殺事件の容疑者椿元子爵が失踪して以来、椿家に次々と惨劇が起こる。自殺他殺を交え七人の命が奪われた。悪魔の吹く嫋々たるフルートの音色を背景に、妖異な雰囲気とサスペンス！

金田一耕助ファイル5
犬神家の一族
横溝正史

信州財界一の巨頭、犬神財閥の創始者犬神佐兵衛は、血で血を洗う葛藤を予期したかのような条件を課した遺言状を残して他界した。血の系譜をめぐるスリルとサスペンスにみちた長編推理。

角川文庫ベストセラー

人面瘡
金田一耕助ファイル6

横溝正史

「わたしは、妹を二度殺しました」。金田一耕助が夜半遭遇した夢遊病の女性が、奇怪な遺書を残して自殺を企てた。妹の呪いによって、彼女の腋の下には人面瘡が現れたというのだが……表題他、四編収録。

夜歩く
金田一耕助ファイル7

横溝正史

古神家の令嬢八千代に舞い込んだ「我、近く汝のもとに赴きて結婚せん」という奇妙な手紙と佝僂の写真は陰惨な殺人事件の発端であった。卓抜なトリックで推理小説の限界に挑んだ力作。

迷路荘の惨劇
金田一耕助ファイル8

横溝正史

複雑怪奇な設計のために迷路荘と呼ばれる豪邸を建てた明治の元勲古館伯爵の孫が何者かに殺された。事件解明に乗り出した金田一耕助。二十年前に起きた因縁の血の惨劇とは？

女王蜂
金田一耕助ファイル9

横溝正史

絶世の美女、源頼朝の後裔と称する大道寺智子が伊豆沖の小島……月琴島から、東京の父のもとにひきとられた十八歳の誕生日以来、男達が次々と殺される！開かずの間の秘密とは……？

幽霊男
金田一耕助ファイル10

横溝正史

湯を真っ赤に染めて死んでいる全裸の女。ブームに乗って大いに繁盛する、いかがわしいヌードクラブの三人の女が次々に惨殺された。それも金田一耕助や等々力警部の眼前で——！

角川文庫ベストセラー

金田一耕助ファイル16
悪魔の百唇譜
横溝正史

若い女と少年の死体が相次いで車のトランクから発見された。この連続殺人が未解決の男性歌手殺害事件の秘密に関連があるのを知った時、名探偵金田一耕助は激しい興奮に取りつかれた……。

金田一耕助ファイル17
仮面舞踏会
横溝正史

夏の軽井沢に殺人事件が起きた。被害者は映画女優・鳳三千代の三番目の夫。傍にマッチ棒が楔形文字のように折れて並んでいた。軽井沢に来ていた金田一耕助が早速解明に乗りだしたが……。

金田一耕助ファイル18
白と黒
横溝正史

平和そのものに見えた団地内に突如、怪文書が横行し始めた。プライバシーを暴露した陰険な内容に人々は戦慄！　金田一耕助が近代的な団地を舞台に活躍。新境地を開く野心作。

金田一耕助ファイル19
悪霊島 (上)(下)
横溝正史

あの島には悪霊がとりついている——額から血膿の吹き出した凄まじい形相の男は、そう呟いて息絶えた。尋ね人の仕事で岡山へ来た金田一耕助。絶海の孤島を舞台に妖美な世界を構築！

金田一耕助ファイル20
病院坂の首縊りの家 (上)(下)
横溝正史

〈病院坂〉と呼ぶほど隆盛を極めた大病院は、昔薄幸の女が縊死した屋敷跡にあった。天井にぶら下がる男の生首……二十年を経て、迷宮入りした事件を、等々力警部と金田一耕助が執念で解明する！